偽りの花嫁

～大富豪の蜜愛～

水島 忍

white heart

講談社X文庫

目次

第一章　思いがけない婚約者――6
第二章　結ばれた二人――43
第三章　別荘でのハネムーン――107
第四章　交錯する想《おも》い――173
第五章　本当のわたしを愛して――201
あとがき――250

イラストレーション／ウエハラ蜂《はち》

偽りの花嫁

～大富豪の蜜愛～

第一章　思いがけない婚約者

子爵夫妻が催《もよお》したガーデンパーティーには、多くの人々が招かれていた。

アリシアは金色に輝く髪の上に帽子をかぶり、上流階級の人々の中に混じって、花が咲いていている整然とした庭を緑の瞳《ひとみ》で眺めていた。

今日はとても天気がよく、爽《さわ》やかな風が吹いていて、本当にガーデンパーティー日和だ。風に乗って楽団の演奏が聞こえてくる。テントの中では敷かれた絨毯《じゅうたん》の上で踊っている人々がいるようだ。

楽しそうだけど、わたしはこうして庭を見ているほうがいいわ。

ふと、アリシアは視線を感じて、振り向いた。

少し離れた場所に、黒髪の男性がいて、こちらを見ていた。年齢は……三十歳くらいだろうか。背が高く、均整のとれた体格で、上質の黒いフロックコートがそれを引き立てている。顔はやや厳《いか》めしいが、整った顔立ちで、鋭い銀灰色の瞳が何より印象的だ。

彼には社交界によくいる男性の、放蕩《ほうとう》な感じや軟弱なところはどこにも見えない。どちらかというと鍛えられた軍人のようにも見えた。

誰かしら。面識はないはずよね。

アリシアは興味を引かれた。だが、すぐに視線を逸《そ》らす。

だって、わたしの結婚相手はずっと昔から決まっているもの。他の男性に目を向けちゃいけないのよ。

といっても、その相手がどんな顔の人か、どんな性格の人なのかも判《わか》らない。結婚はアリシアではなく、父が決めたからだ。

名前は知っている。ジェラルド・ラングトン。

彼は社交界でもけっこうな有名人だという。裕福な事業家で、中産階級でありながらも社交界でその存在を認められている。ただし、こうした催しにはほとんど出席しないらしい。事実、アリシアは社交界にデビューしてから一度も彼を見かけたことがない。

ただし、噂《うわさ》だけはたくさん聞いている。

天才的な事業家。血も涙もない非情な男。計算高い冷徹な大富豪。

いいのは頭の中身だけだと、極悪人のように語られている。アリシアは会ったことのない彼のことを、ついつい冷血漢のように思っていた。

正式な婚約者ではないものの、一応、結婚すると決まっている相手が社交界にデビューしても、彼は一度も会いにこない。きっと噂どおり仕事のほうが大事なのだろう。結婚する相手にすら関心を抱いていないのだから、やはり情のない男なのかもしれないと思う。そんな人と一生暮らすのはどういう気持ちなのだろう。そのことを考えると、どうしても憂鬱《ゆううつ》な気分になってしまう。

いっそ、このままわたしの前に現れないでくれたらいいのに！

残念ながら、それはあり得ないことだ。アリシアの父親は侯爵だが、若い頃から派手に遊び回っていたせいで、アリシアが子供の頃には破産寸前だったらしい。援助をもらう代わりに、父はアリシアをジェラルドに花嫁として差し出したのだ。

正確に言えば、彼の父親とそういう約束を交わした。アリシアは少女の頃からずっとジェラルド・ラングトンと結婚するのだと言われ続けて、育ってきたのだった。マナーも教養もダンスも、すべてのことがジェラルドの花嫁となるためだった。ジェラルドの父親は数年前に亡くなっていて、彼の事業はジェラルド本人に引き継がれているが、それでも父に対しての援助は続いている。つまり、約束はまだ生きていることになる。

それなのに……本人はわたしに会いにも来ないんだわ。

アリシアは複雑な気持ちを紛らわせるように、一人で庭をゆっくり歩き始めた。

たくさんの花がきちんと植えられている。計算しつくされた庭で、とても美しいが、アリシアはそれより自然のままの花畑のほうが好きだった。そうした花畑を初めて見たとき、世の中にはこんなに美しいものがあるのだと知った。森の中の鳥のさえずり、虫の声、風のざわめき、名もなき雑草に至るまですべてが本当に美しかった。

しばらく歩いてから、白く塗られた可愛《かわい》らしいベンチに腰かけ、アリシアは再びジェラルドのことを考えた。考えたくなくても、どうしても考えずにはいられない。これから自分は彼と結婚して、一生、添い遂げなくてはならないのだから。

何気なく溜息《ためいき》をつくと、後ろから声が聞こえてきた。

「溜息をつくほど何を悩んでいるんだ？」

振り返ると、そこには先ほどの男性がいた。

嫌だわ。この人、わたしをつけてきたのかしら。

だいたい、社交界では面識もないのに、男性が馴《な》れ馴《な》れしく話しかけてくることはない。青空の下で行われるガーデンパーティーでは、つい開放的な気分になってくるけれど、マナーを守らなくてもいいというわけではなかった。

でも、子爵夫妻が招いた方なのだから、ちゃんとしたところの紳士に決まっているわ。相手はどう見ても年上だし、話しかけられたのに無視するほうが無作法に思えた。

「あの……どなたかしら。わたし、紹介されたことがありました？」

「いや、初めてだ。何か悩みでもあるのかと訊《き》いてみただけだ」

彼はそう言いながら、勝手にアリシアの隣に腰かけてきた。

困ったわ……。名乗ってもくれないなんて。こちらから名乗ってみたら、さすがに名前を教えてくれるかしら。

「わたしはアリシア・ハットフィールド」

「レディ・アリシア・ハットフィールドだろう？　……レディ・アリシアとお呼びしたほうがいいのかな。お噂どおりの美貌《びぼう》の持ち主だ」

なんとなく皮肉めいた言い方だったので、アリシアはムッとした。彼はアリシアのことを知っていて、声をかけてきたのだ。

「どなたか存じませんけど、失礼じゃありません？　そういう言い方は……」

「美しいと褒めているのに失礼なのか？　それとも侯爵令嬢に話しかけるには、ひれ伏さないといけないのかな？」

彼はわざとアリシアを苛立《いらだ》たせているように思えた。それが判っていながら、アリシアは彼の手に乗ってしまった。

「だから、紹介されてもいないし、わたしはあなたの名前も知らないの。あなた……すごく馴れ馴れしいわ！」

「意外とはっきりものを言うんだな。侯爵令嬢はもっと上品かと思った」

アリシアは何か言い返そうとしたが、不意に彼が遠くを指差した。

「おい、あれを見てみろ」

彼が指差した方向に視線を移すと、踊る場所ではないのに踊っていた男女が何かに引っかかって花壇に倒れ込んでいた。

「まあ……お気の毒」

「花がね」

「……そうね」

アリシアは思わず笑ってしまった。すると、彼も低い声で笑った。

彼の声はアリシアの耳には心地よく響いて、ドキッとする。彼が何者かは知らないが、笑う声はとても素敵だ。たとえ性格に難があったとしても。

「君は笑っているほうがいいな。溜息をついているより」

「わたしも溜息なんかつきたくないんだけど……」

「何を悩んでいるんだ？」

初対面の男性に悩みを打ち明けるのは変だ。しかし、アリシアは一緒に笑ったこともあり、何故《なぜ》だか彼に少し親しみを感じるようになっていた。何より、彼はこの社交界のマナーなどあまり気にしてないように見えた。アリシアも本心ではマナーなどどうでもいいと思っている。つまり同類だという感じがするのだ。

それに、彼はアリシアよりずいぶん年上なのだから、何かアドバイスのようなものをくれるかもしれない。

「わたし、結婚の相手が決まっているんです。でも、その人にはまだ会ったことがないの」

「……一度もなのか?」

彼の声のトーンが急に変わった。そんなことは信じられないと思っているのだろうか。

「あの……一度は会ったみたい。わたしはよく覚えていなくて……子供だったから」

「親が決めた結婚か。君は顔も知らない男と結婚したくないというんだな? そんなにはっきりものが言えるなら、父親にもそう言えばいいだろう?」

「だって……仕方ないわ。父には逆らえない」

「何故だ? 父親が怖いのか?」

「怖い? いいえ……恩があるから」

「親に対して恩がある? 子供ならみんなそうだが」

アリシアはうつむいた。彼には判らない。いや、誰にも判らない。

それはわたしの秘密だから。

「そうね……。でも、わたしは父に従うことになる。結婚自体がどうしても嫌だというわけじゃないんです。ただ……とても不安なだけ。こんな気持ちで結婚しても大丈夫なのかしらって。だって、結婚したら一生添い遂げるものでしょう?」

「そんなに大げさに考えなくてもいいと思うが。結婚なんて大したことではない。男女が結婚という契約を交わすだけのことだ。男は女を養い、女は子供を産む。それだけだ」

彼の結婚観は至ってシンプルだった。夫婦となった二人が家庭をつくるというより、子供をつくるためだけに結婚という形態をとるという意味に聞こえた。

「なんだか冷たい気がする……。あなたにとって結婚は形式的なものなんですか？　わたしはもっと情の通ったものだと思っているわ」

彼は肩をすくめた。

「情の通った結婚なんてごめんだな。男は義務を果たせば、よそに愛人を持ってもいいと私は思っている。どうせ女が欲しがるのは金だけだ」

アリシアはぽかんとして彼の横顔を見つめた。完璧《かんぺき》に整った横顔だが、うっとりするよりも呆《あき》れてしまう。

この人に、わざわざ悩みの一部を打ち明けたわたしが馬鹿《ばか》だった！

こんな考えの人は結婚してはいけないわ！　いえ、もう結婚しているのかしら。

アリシアは顔をしかめながら尋ねた。

「あなたは結婚しているの？」

「いや、まだだ。もうすぐする」

つまり、彼には婚約者がいるということだ。何故だかアリシアはがっかりしていた。

落胆する意味が判らない。アリシアにも結婚する相手がいるし、何よりこんな結婚観の持ち主が誰と結婚しようが関係ないはずだ。

そうよ。なんの関係もないわよ。

「あなたの花嫁に同情するわ！」

ツンとしながらアリシアがそう言うと、彼は微笑《ほほえ》んだ。

最初は少し厳めしい顔だと思ったが、笑うと魅力的だ。黙って微笑んでいるところは優しげに見える。口ではひどいことを言っていても、ひょっとしたら内面に優しさを秘めているのかもしれない。

それとも、そんなふうに思うのは気のせいなのかしら。

男性が微笑んだのを見ただけで、こんなに落ち着かない気持ちになったのは初めてだった。

胸の中が何かざわめいたように思えて……。

アリシアが戸惑っていると、彼は立ち上がった。そして、アリシアのほうを向くと、目を見つめてくる。

銀灰色の瞳がまっすぐにアリシアを射貫《いぬ》いた。

何故だかドキッとして、視線を逸らせない。

「私の花嫁に伝えておこう」

彼は静かにそう言うと、去っていった。

アリシアは彼の後ろ姿を目で追いながら、名前も聞いていなかったことを思い出した。

誰だろう。貴族ではない。あの目つきの鋭さはやはり軍人だろうか。

今まで会ったこともなかったのだし、これから会うこともないだろう。会ったとしても、親しく言葉を交わすことなどあるとは思えない。

ガーデンパーティーとして開けた場所での集まりだからこそ、名前も知らないのに悩みまで打ち明けてしまった。いや、正確に言うと悩みの一部だ。

本当の悩みは口に出せない。

誰にも言えない。永遠に秘密にしておかなければならないことだからだ。

そう。あれは……。

アリシアがまだ八歳の頃のことだった。


当時のアリシアは『リーサ』と呼ばれていた。

本名はリーサ・ケリー。

リーサは侯爵令嬢とも呼ばれていなかった。こんな豪華なドレスを身に着けることはできなかったし、それどころか清潔な服を着ることさえできなかった。

汚れた服は汚れたまま。身長が伸びても小さい服を着せられたが、それに対して恥ずかしいという気持ちもなかった。

だって、食べるものさえあまり与えてもらえなかったから。

服なんて二の次だった。同じような年齢の子供達がたくさんいたが、楽しいことなんてない。逆に争いが起きて、いつも誰かが泣いていた。そんな中で、みんななんとか生きていただけだ。

そこはベイリー孤児院という場所だった。

リーサは六歳のときに両親を亡くし、身寄りもなく、そこに入れられた。他に引き取り手がなかったからだ。両親は貧しかったから遺産なんてものもなかった。近所の人に連れられて、リーサはそこに行くしかなかった。

当時のベイリー孤児院には強欲な院長がいて、寄付金で私腹を肥やすことに熱心だった。そのために、リーサ達はひもじさに耐えることになった。ただ、寄付をしてくれる人が訪れるときにだけ、こざっぱりした服を着せてもらえて、食事も与えられた。

あるとき、一人の初老の男性が孤児院を訪れた。そして、リーサを養女にしたいと言ってくれた。

やっとこの地獄から抜け出せる。

リーサは痩《や》せこけてはいたが、金髪と緑の瞳という目立つものを持っていた。少なくとも院長はその二つが男の目を引きつけたのだと思っているようだった。面と向かってそう言われたからだ。

ともあれ、孤児院から抜け出すためなら、リーサはなんでもしただろう。それが別の地獄行きの馬車であったとしても。

男はリーサに優しかった。彼はウェイドと名乗った。リーサは彼に自分のパパになるのかと尋ねたが、そうではないと言った。

養女にするというのは嘘《うそ》で、ただで働かせるメイドが欲しかったのかもしれない。そういった話は聞いたことがある。リーサはそれでもいいと思った。彼は優しくしてくれたし、宿屋でたくさん食べさせてくれたからだ。

ウェイドはリーサを大きな家に連れていった。彼はここが『別荘』だと言った。別荘だろうがなんだろうが、リーサにとっては見たこともないような大きな家だった。

そこにいたのは、病気の少女だった。彼女はリーサと同じ年頃で、同じ金髪に緑の瞳を持っていた。裕福な女の子だった。ふかふかのベッドに横になり、腕には可愛い人形を抱いていた。といっても、リーサは彼女と直接口をきいたわけではない。

ただ、扉の隙間《すきま》から見えただけだ。

ウェイドはリーサを使用人に任せてどこかへ行ってしまったが、リーサはしばらくそこで暮らした。想像したようにメイドとして働かされることはなかった。それどころか、今まで食べたことがないようなおいしいものをたくさん食べさせてもらい、綺麗《きれい》な服を着せられ、世話をしてくれる人がいる。そして、自分の部屋というものも初めて与えられた。

ただ、気になったのはあの病気の少女だった。リーサはあの少女の話し相手を務めることになるのかもしれないと思った。しかし、なかなかそんな機会はなかった。ただ、リーサは毎日、行儀見習いのようなことばかりさせられていた。

大きな家の中はいつも重苦しい雰囲気に満ちていた。病気の少女のために、大きな音を立てたり、大きな声を出すことは禁じられていたせいかもしれない。使用人は少女のことをいつも『アリシアお嬢様』と呼んでいた。

ある日、慌ただしく医者が呼ばれて、何かが起こったのだと判った。使用人は泣き崩れ、悲しみに包まれる。

あの少女が死んだのだ。

しかし、葬儀は行われなかった。少なくとも大っぴらには行われなかったと思う。そして、少女はひそかに埋葬された。リーサは彼女が埋葬された場所を知っている。別荘の近くにある、村の共同墓地の片隅にひっそりと埋められたのだ。

ウェイドは久しぶりにやってきた。

「おまえは今日からアリシアという名前になるんだ」

アリシアはあの亡くなった少女の名前だ。そのときになって、リーサは初めて気づいた。自分は彼女の代わりになるために孤児院から引き取られたのだと。

でも、どうして？　なんのために？

リーサには理由は知らされなかった。ただ、アリシアはこの別荘で療養していたが、彼女が病気で長くないことは恐らく使用人も知っていたと思う。リーサは、彼女と入れ替えるためにここに連れてこられたのだろう。

それから、別荘にたくさんの家庭教師が現れた。彼らはリーサをアリシアだと信じているようだった。病気で記憶を失《な》くしていると聞いているらしく、アリシアを立派な令嬢に仕立て上げることを使命としていた。

リーサはまず言葉遣いを直された。他には礼儀作法はもちろん、教養と呼ばれるもの、マナーの細かいところ、今まで知らなかったことをすべて教えられた。そして、ダンスや社交界における振る舞い、乗馬なども。

花畑を初めて見たのもこの頃だ。いろんな勉強は大変だったし、家庭教師は厳しかったけれど、孤児院の暮らしに比べれば、はるかに幸せだった。それに、今まで知らなかったことを教えてもらえることは喜びでもあった。

そうするうちに、季節は過ぎ、リーサは十二歳になった。その間、リーサはずっと『アリシアお嬢様』と呼ばれていた。

リーサは完璧な令嬢として、ウェイドに連れられてロンドンの侯爵邸へ行くことになった。そのときには、アリシアの父親が侯爵だということや母親が亡くなっていることを知っていた。そして、ウェイドがその侯爵邸で執事をしていて、彼の妻が家政婦をしていることも。

リーサがアリシアとなることは、侯爵の考えたことだったのだ。

でも、侯爵はアリシアの父親なのに……どうして？

自分の娘を入れ替えるなんて信じられない。侯爵はアリシアが死んだときも別荘には来なかったし、共同墓地に埋められたときも姿を現さなかった。自分の娘なのに、そこまで非情になれる気持ちが判らなかった。

たとえ孤児院で動物のような生活をさせられていたとしても、リーサにも親の記憶はある。貧しかったけれど、愛情だけはたくさん注いでもらった。侯爵は裕福かもしれないが、娘への愛情はないらしい。

だけど、それならどうして娘の代わりを欲しがるの？

ウェイドはそんな疑問にも答えてくれなかった。

ロンドンに戻り、侯爵邸に着いた。田舎《いなか》にあった別荘よりもはるかに大きく壮麗だった。偽者と誰かに見破られるかもしれないとドキドキしたが、以前そこで働いていた使用人はウェイドとその妻以外、辞めさせられ、別の人間に変わっていた。

アリシアを取り替えるという計画は、用意周到になされていたのだ。

侯爵は思ったとおり冷酷そうな雰囲気であったが、アリシアを見るなり、満足そうに頷《うなず》いた。彼は酒を飲んでいるようで、少し呂律《ろれつ》が回っていなかった。

「よし。おまえはアリシアによく似ている。その金髪も緑の瞳も。きっと大人になったら美人になるだろう。それで、ジェラルドの奴《やつ》を繋《つな》ぎとめておくんだ」

ジェラルドとは誰だろう。リーサは戸惑った瞳を彼に向けた。

「ジェラルド・ラングトンだ。大金持ちで、今も大金を稼いでいる。おまえの将来の夫だ」

「夫……ですか？」

突然のことにリーサは驚いた。そんな話は今まで聞いていなかったからだ。

「そうだ。そのためにおまえを娘にしたんだ。孤児院に逆戻りしたくないなら、アリシアのふりをしろ。そうすれば、ジェラルドが約束どおりおまえを花嫁にする。ジェラルドは毛並みのいい侯爵令嬢を妻にでき、私も大金持ちの義理の息子ができて、一生金に困らないというわけさ」

ようやくリーサにも判った。

ジェラルドという大金持ちと結婚させる約束があり、そのためにアリシアが死んでは都合が悪かったのだ。

なんて父親なの……。

嫌悪感が湧《わ》きあがったが、リーサにはどうすることもできない。もう二度と孤児院には戻りたくなかった。いや、十二歳の少女を孤児院も引き取るかどうか判らない。それこそ行き場を失い、どこかでただ同然で働かされてしまうかもしれない。

アリシアのふりをすれば、食べるものにも着るものにも困ることはない。自分の部屋が与えられ、ふかふかのベッドには清潔なシーツが敷かれ、お嬢様と呼ばれて勉強もさせてもらえる。

どちらがいいかなんて比べるまでもなかった。

リーサは黙って頭を下げた。

「判りました。おっしゃるとおりに致します。……お父様とお呼びしてもいいですか?」

「ああ。可愛い『アリシア』」

侯爵は悪魔のような笑みを見せて、そう言った。

かくてリーサは『アリシア』となった。

そして、それから六年間、アリシアは酒や賭《か》け事《ごと》などが好きな『父親』と一緒にロンドンの屋敷《やしき》で暮らし、今に至っている。その間、ジェラルドには会っていないが、そのうちにきっと結婚しなければならないときが来るだろう。

たとえ、どんなに不安があったとしても。

そして、自分がアリシアでないことを一生隠し続ける。

誰にも知られてはいけない。特にジェラルドには。

アリシアは固い決心をしていた。

ガーデンパーティーからしばらく経《た》ったある日、侯爵邸で舞踏会が開かれることになった。

婚約披露を兼ねた舞踏会だという。

ついこの間、ジェラルドから父に連絡があり、舞踏会を開くように要請があったのだ。

恐ろしいことに、アリシアはまだジェラルドと会っていなかった。

顔さえ知らないのに、いきなり婚約披露だなんて……。

舞踏会当日、アリシアは朝から落ち着かなかった。午後になっても、居間をうろうろと歩き回っていると、家政婦のウェイド夫人に呆れられてしまった。

彼女はアリシアが初めてここに来た日から優しくしてくれた人だ。偽者だと判っているのに、本物の令嬢にするように礼儀正しく接してくれた。あのとき心細かったアリシアは彼女の微笑みに癒《い》やされたのだった。

「お嬢様、少し落ち着いてください。何があったとしても、お嬢様なら立派に切り抜けられますよ」

気休めのようでもあったが、今のアリシアには必要な言葉だったかもしれない。

わたしは侯爵令嬢アリシアなのよ……。

少なくとも、そう振る舞えるだけの努力はしてきたつもりだ。偽者だなんて、ジェラルドに判るはずもなかった。

自室に閉じこもり、気を落ち着けている間に夜がきた。いよいよ舞踏会が始まる。

アリシアは小間使いの手を借りて、ドレスに着替えた。社交界に顔を出す以上、ドレスはちゃんとしたものを仕立ててもらっているが、今夜のドレスは特別だった。婚約発表をするときに、侯爵令嬢がみすぼらしい格好をしていてはいけないと、さすがの父も考えたのだろう。

首には真珠の首飾りをつけた。模造真珠で、見る人が見ればすぐ偽物だと判る。アリシアは他に装身具を持っていなかった。

父はラングトン家から金銭的援助を得ていたものの、それをアリシアに回すのは明らかに無駄だと考えているようだった。それに、実の娘に対しても冷たい人なのだから、偽の娘ならば心からどうでもいいと考えていても不思議はなかった。

だからといって、アリシアは宝石のひとつでも欲しいと思っているわけではなかった。ただ、ジェラルドはどういう目で自分を見るのかと思ったのだ。莫大《ばくだい》な援助をしてもらいながら、模造真珠をつけて彼に会う自分を。

侯爵にとっては、とにかく自分の酒代と賭博代《とばくだい》がすべてだった。侯爵家の領地から入る収益でさえ、それにつぎ込んでいる。彼はほぼロンドンにいて、そのため領地の屋敷は荒れ果てているという。ジェラルドはそういったことくらい、とっくに知っているのかもしれない。

ラングトン家からの援助はもう十年以上続いている。それほどまでに、侯爵令嬢という肩書は魅力的なのだろうか。

わたしはただの貧しい娘なのに。

これは詐欺と同じだ。高いお金を出して、彼が手に入れるのは偽者なのだ。

やがてウェイド夫人がアリシアを呼びにきた。心の準備はできているとは言いがたいが、結婚相手に会わなければならない。アリシアは決心して父の許《もと》へと向かった。

招待客を迎えるホールで、父はアリシアを待っていた。

「私達は客を迎えねばならんのだぞ。一体、おまえは何をぼやぼやしているんだ?」

父は不機嫌そうだった。苛々《いらいら》しているのは酒を飲んでいないからだと思う。だが、客を迎えるのに酒を飲むわけにはいかないだろう。

「申し訳ありません、お父様。……あの、ラングトンさんはどちらに……?」

「あの男はまだ来てない。そのうち来るだろう。自分で婚約披露のための舞踏会を開けと言ったんだから」

なんてこと……。彼はまだ来ていないなんて。

まだジェラルドとは顔も合わせていない。普通、先に来て、挨拶《あいさつ》くらいはしておくものだろう。まさか彼は客に発表するときだけ居合わせればいいと考えているのだろうか。いくらなんでも、そこまでひどい男ではないと思うが。

でも、せめて心の準備をしておきたいのに……。

しかし、まだ来ていないものは仕方ないのだ。

そのうちに次々と招待客がやってきた。アリシアは父と共ににこやかに客を出迎えた。招待客を全員知っているわけではなかったが、父の様子を見ていると、どうやらその中にジェラルドはいないらしい。

つまり、彼はまだ来ていないということだ。

招待客がだいたい到着しても、当の婚約相手はまだ来ない。

一体、どうするつもりでいるの？

もう訳が判らない。結婚相手として軽んじられているような気がして、だんだん腹が立ってくる。

楽団が音楽を奏でている。多くの男女は踊り始めた。

女性は美しいドレスの裾《すそ》を翻《ひるがえ》しながら、楽しそうに踊っている。アリシアはそれを眺めながら、次第に自分が意気消沈していくのが判った。

彼は来ないのかしら……。

婚約に関して、招待状にそれとなくほのめかしてある。つまり、招待客は婚約発表があるのだと知っているのだ。それなのに、当の婚約者がいなかったら、発表もできるわけがない。

別にジェラルドと結婚したいわけではないが、正式な婚約もしていないのに、婚約者に見捨てられた気分になってきた。

アリシアは壁際でぽつんと立ち尽くしていた。自分の婚約披露パーティーでこんな惨めな気分になるなんて信じられない。

やがて、楽団がワルツを奏で始めた。

ジェラルドと踊るはずのワルツだ。うつむいて、手袋に包まれた自分の指を見る。そういえば、指輪もまだもらっていない。改めてプロポーズしなくてもいいと思われているのかもしれないが、指輪くらい贈ってくれてもいいだろうに。

ふと、誰かが自分の前に立ったことに気づき、顔を上げた。

それは思いがけない人物だった。

黒髪に銀灰色の瞳をした長身の男性。ガーデンパーティーのときに会った男だった。アリシアはぽかんと口を開けた。こんなところで再会するとは思わなかったからだ。

彼は笑みを浮かべ、アリシアをまっすぐに見つめてきて手を差し出した。

「レディ・アリシア。どうか私と踊ってください」

アリシアは彼の強い眼差《まなざ》しと笑みに動揺し、思わず彼の手に自分の手を重ねてしまった。手袋越しに触れただけなのに、何故だかドキドキしてくる。

彼はアリシアをエスコートして、舞踏室の真ん中に連れていき、踊り始めた。

なんだか妙に浮ついた気分になってくるのは何故なのだろう。しかし、彼とこうして近くで向かい合っていると、不思議と胸の中がざわめいてしまうのだ。

彼の結婚観はひどいものだが、男性としてはやはり魅力がある。それは否定できなかった。世慣れた男性らしく、こうしたダンスで女性をリードするのが上手《うま》い。彼と話したことがなかったら、夢中になりかけていたかもしれない。

「あの……あなたはどうしてここに来たの？」

彼はわずかに肩をすくめた。

「招待されたからさ」

確かにそうだろう。あまりにも間の抜けた質問だった。

でも、彼は一体誰？　招待客の中にいたかしら。

アリシアは父と二人で、招待客を迎えていた。だから、その中にいたならとっくに顔を合わせているはずだ。

そう。たった一人、来ていない人がいたわ！

当の婚約相手だ。

「あ……あなたがジェラルド・ラングトンなのね」

喘《あえ》ぐように尋ねると、彼はふっと笑った。

「さすがに気づいたか」

あのガーデンパーティーで、彼と初めて会った。彼のほうからアリシアに話しかけてきたのだ。

「あのとき……わたしのことを知っていて……」

「君が出席することは知っていた。だから、どんな女性に成長したのか見てみたかったんだ」

たちまちアリシアの頬《ほお》は紅潮した。

ガーデンパーティーで、彼は馬か牛かを買い付けに行くときのように下見をしていたのだろう。アリシアのほうは彼の名前も知らず、うかつにも結婚が不安だという悩みを打ち明けてしまっていた。

わたしは彼に嫌われてはいけなかったのに！

「ひどいわ！　どうしてちゃんと名乗らなかったの？」

「正直な意見を聞きたかったからね。おかげで、君がこの結婚にどういう考えを持っているのかが判った」

「だ、だって……本当のことだもの」

顔を知らなかったのも、不安なのも事実だからだ。幸いなことに、アリシアは結婚相手についての悪口は言っていなかった。

「もちろん謝ってもらおうなどとは思っていない。どのみち、君は私と結婚しなければならないのだから」

アリシアは顔をしかめた。

彼があのとき言ったことを思い出したからだ。

男は義務さえ果たせば、愛人がいてもいいのだと……。

噂でも冷酷な男だと言われていた。実の娘を取り替えてもなんとも思わない侯爵と同じなのかもしれない。

彼にはきっともう愛人がいるに違いないわ。

そう思うと、何故だか胸が苦しくなった。だが、彼が独身の男性として過ごしてきた期間はずいぶん長い。その間に愛した女性がいても、なんの不思議もないのだ。だから、今まで結婚相手として決まっていたアリシアに会いにも来なかったのだろう。

ただ、アリシアは彼の毛並みのいい妻として、彼の子供を産む。そのことしか期待されていない。

なんて冷たい結婚なの……。

アリシアは将来を悲観しそうになった。しかし、どんなに嫌でも、逃れるすべはないのだ。だとしたら、この結婚から得られるものを数えたほうがましなのかもしれない。

アリシアはやはり悲観的な気持ちにしかなれなかったが、彼が、背が高くスマートで、粗削りながら綺麗な顔立ちをしていることに間違いはなかった。そして、軍人のように男らしい雰囲気があり、それがとても素敵に見えることも。

だからといって、彼の結婚観はやはり許せないけれど……。

やがて音楽が終わった。離れようとするアリシアを、彼は素早く引き寄せる。

「そろそろ婚約の発表をすることにしよう」

彼が向かったのは、舞踏室の隅に簡易的に設《しつら》えられた壇の上だった。そこには、父がいて、二人を待っていた。

壇の上に乗ると、みんながこちらに注目しているのが判った。ひそひそと何か噂話をしている女性達も見えた。

父が声を張り上げる。

「皆さん、ここで、私の愛する娘アリシアが実業家のジェラルド・ラングトンと婚約したことをお知らせします」

一瞬だけわずかなどよめきが聞こえたが、すぐに拍手にかき消された。同時にお祝いの言葉をかけられる。

アリシアの顔は強張《こわば》っていたが、なんとか微笑もうと努力した。それに引きかえ、ジェラルドのほうは口元に笑みを浮かべているだけで、動揺の欠片《かけら》もなかった。楽団がまたワルツを演奏するので、二人は壇を下りて踊ることになった。

彼の腕に抱かれてくるくると回りながら、アリシアの頭の中も回ってしまいそうだった。

わたしはこの人と結婚する……。

それは紛れもない事実だった。

舞踏会が終わり、招待客はもう帰った。

残ったのは父とアリシア、そしてジェラルドだけだった。

「お嬢さんと二人だけで少し話したいのですが」

彼がいきなりそんなことを申し出てきて、アリシアは困惑してしまった。

婚約者であろうとも、男性と二人きりになるのはよくないとされている。それが許されるのはプロポーズのときだけだが、今更、彼がプロポーズするはずがなかった。

「いいだろう。いくらでも話すがいい。私はもう寝るからな」

父は少しふらつきながら階段を上がろうとしている。慌てて父の従者がやってきて、父を支えた。足元が怪しいのは、きっとまた酒を飲んだからだろう。

「おやすみなさい、お父様」

静かに声をかけたが、返事はない。アリシアを本当の娘だと思っていないからだ。いや、たとえ実の娘であっても、同じ態度をとったかもしれないが。

アリシアはジェラルドをちらりと見る。

「あちらの応接室にどうぞ」

手で場所を指し示すと、彼はそちらに向かった。部屋の出入り口のところで、彼が先に入るように勧めるのでそのとおりにする。

後ろで扉を閉じる音がした。

アリシアははっと振り返った。彼の顔に意地悪な笑みが浮かんでいる。

「別にそんなに警戒することはないだろう？　私達はすぐに結婚することになるというのに」

「すぐに……って……」

「結婚式そのものは特別許可証をもらえばすぐにできるが、たくさんの招待客を集めて、華やかな披露宴を開くつもりだから……三週間もあれば充分だろう」

「三週間……！」

今すぐではないにしろ、たった三週間後に結婚することになるのだ。アリシアは呆然《ぼうぜん》として、彼の顔を見つめた。

「何か不満でもあるのか？」

「……いいえ」

本心ではなかったが、不満だとは言えなかった。

「いや、君は不満ではなく、不安だったんだな。だが、君はもう結婚から逃れられない。不安を抱えるだけ無駄というものだ」

彼はあっさりアリシアの気持ちを素っ気ない言葉で片付けてしまった。

確かに彼の言うとおりだけど……。

彼の手がアリシアの顎《あご》にかかって、ドキッとする。いつの間にか彼はこちらに近づいていた。彼の銀灰色の瞳がまっすぐに自分を見つめている。

頬が勝手に上気する。こんなに近くで見つめられると、どうしても照れてしまって彼と目が合わせられない。

「高い金額に見合う美しい花嫁だ。中身はどうだろう？」

アリシアは黙っていた。中身は『リーサ』だが、彼には見抜けないだろう。

「少し味見をさせてもらおうか」

「え……？」

口を開いた途端、アリシアは唇を塞《ふさ》がれていた。

彼の柔らかい唇が重なっている。アリシアの身体《からだ》に何か判らない衝撃が走り抜けていった。

なんなの、これは……？

単なるキスとも思えない。アリシアにとっては、別の何かだった。

信じられない。ただ唇を合わせただけじゃないの。

そう思いながらも、アリシアは何故か彼に抵抗できなかった。いつの間にか腕の中に抱き込まれているせいかもしれない。いや、きっとそうだ。

だって、彼なんか好きでもなんでもないんだから。

確かに彼の外見はとても素敵に見えるけれど……。

彼のいいところはそこだけだ。いや、内面に関してはよく知らない。ただ、彼の結婚観は本当にアリシアには受け入れがたいものだった。

それなのに、彼のキスで自分が動揺していることが不思議だった。

彼の舌が自分の唇をなぞっている。ゾクッとしたのに、身体が妙に熱くなってくる。彼はそのまま舌でアリシアの唇をこじ開けるようにして入ってきた。

なんだか……現実のこととは思えない。

口腔内《こうこう》をぐるりと舐《な》められ、自分の舌に絡んでくる。

どうしよう。わたし……。

どうすればいいの？

アリシアはすっかり戸惑っていた。彼を突き飛ばせばいいのだろうか。そう思いながらも、身体に力が入らない。

だって……。

アリシアの脳裏《のうり》に、彼がほんの一時だけ見せた笑顔が浮かんだ。

あのときと同じように、アリシアの胸がドキッとする。

彼のことなんか好きじゃない。好きじゃないの。……そうよね？

混乱しているうちに、彼は唇をやっと離してくれた。彼の腕も離れたので、アリシアはやっとのことでよろめく足で後ろに下がる。

恥ずかしくて、彼の顔を見られない。

彼はふっと笑う。

「貴族の女など他愛のないものだな」

まさか軽蔑《けいべつ》したように言われると思わず、アリシアはカッとなって顔を上げた。彼は唇を歪《ゆが》めて笑っていた。

アリシアがガーデンパーティーで見た笑顔とはまるで違う。

もしかして、こちらのほうが彼の本性なの……？

彼はそんな軽蔑している貴族の娘と結婚しようとしている。そして、アリシアは軽蔑されながら結婚しなければならない。

「ともかく、君と相性は悪くないようだ」

何故だか彼はそう言った。

わたしには二人は合わないとしか思えないし、不幸な結末しか見えないけれど……。

それでも、彼の言うとおり結婚からは逃れられないのだ。

アリシアは心の中で傷ついていた。


ジェラルドは侯爵邸を後にした。

馬車に乗り、改めてアリシアのことを考える。彼女は少し気が強いところもあるようだが、外見はいかにも楚々《そそ》とした侯爵令嬢で、貴族を絵に描いたような娘だ。綺麗で上品で細くて、汚いものや醜いもの、貧しさなど何も知らない純白の令嬢だ。それが悪いわけではない。彼女がそういった令嬢だからこそ、父は自分との結婚を決めたのだから。

父はジェラルドが子供の頃に事業に失敗し、路頭に迷ったことがある。親戚《しんせき》や友人の家に居候《いそうろう》したり、治安の悪い地区の汚い家で暮らしたこともあった。食べるものすらなくなり、物乞《ものご》い同然のことをしていたこともある。そんな暮らしのせいで、母は早くに亡くなってしまった。

やがて、父は行商を始め、それから市場で野菜を売るようになった。運も味方したものの、苦労してのし上がっていった。もちろん子供だったジェラルドも精一杯、働いた。

父に感謝したいのは、彼が持っている知識をすべて教えてくれたことだ。学校などには行っていなかったが、たくさんの知識と知恵を持つことになった。裕福になってからは学校に行かせてもらえるようになり、たくさんの本を読み、教養も身につけた。鼻持ちならない上流階級の人間に馬鹿にされないように、そして商売において引けを取らないようにマナーも学んだ。

ジェラルドが二十歳のとき、父は貿易の仕事で財を築いていた。その頃、父は飲んだくれの侯爵と知り合い、彼の娘とジェラルドを結婚させようと画策した。侯爵が欲しいのは金で、父が欲しいのは貴族との繋がりだった。

身分差というものは、どんなに裕福になってもついて回るものだ。そこで、息子が侯爵令嬢を娶《めと》り、親戚になってしまえばいいのだ、と。

二十歳のジェラルドはわずか七歳のアリシアと顔を合わせた。

正直言って、当時のアリシアについてあまり記憶はない。金髪で緑の瞳で可愛らしい顔をしていたとしか覚えていなかった。二十歳の若者にとって、アリシアは単なる少女でしかなかった。将来の妻だと紹介されても、ぴんとくるわけがない。

父はそれからずっと侯爵に金を渡していた。父が三年前に亡くなってからは、ジェラルドが金を融通してきた。

　正直、ジェラルドにとって侯爵令嬢と結婚することなどどうでもよかった。身分差なども気にしない。気取った上流階級の人間が自分のことをどう思おうと興味もない。世の中は金がすべてだ。どんなに身分が高くても、金がなくては惨めな暮らしをするしかない。結局、裕福な者だけがさらに得をするのだ。

　だが、父はアリシアとの結婚を強く望んでいた。死ぬ間際でさえそのことを言っていたのだ。

　だとしたら、やはり父の遺志は大事にしたい。

　とはいえ、侯爵のことは自堕落な生活を続けるために娘を売った男だと思っている。軽蔑の念しか覚えない。そして、アリシアのことはなんの苦労も知らずに育ってきた貴族の娘だと思っている。

　ジェラルドは正式に婚約を決める前に、名乗らずにアリシアと会うため、彼女が招かれているガーデンパーティーに出席してみた。十年ほど前に会ったきりの彼女の容姿や人となりを確かめてみようと思ったからだ。

　彼女は噂で聞いたとおり、繊細で優美だった。意外にも甘やかされているという印象はなく、自分で考える頭があるのだと思った。妙なことに好感を持ったほどだった。

　キスしたら反応があった。どうやら、この分なら結婚生活を楽しめそうだ。だが、きっとそのうち彼女は本性を曝《さら》け出《だ》すだろう。そうしたら子供だけ産ませて、後は放っておけばいい。彼女は好きなだけ社交界で飛び回ればいいのだ。

今は愛人などいないが、そうなったら新たに愛人をつくって楽しめばいいし、子供達は乳母や家庭教師が育てることになる。

それでいい……。それで父への義務は果たしたことになるからだ。

私は結婚しても、彼女に心を許すことはしない……。

結局のところ、彼女は侯爵同様、金のために自分自身を売ったのだ。悩んでいたのも、きっと中産階級の男と結婚することを躊躇《ためら》っていただけだろう。ひょっとしたら、今も私を疎《うと》ましく思っているかもしれない。

アリシア――美しく可憐《かれん》な侯爵令嬢。

彼女は夫となる男が中産階級どころか、昔、貧しさに喘いでいたことがあるなどと知ったら、きっと軽蔑してくるに違いない。

だから、自分は彼女に決して心を許さないのだ。

まして愛するなんて……。

絶対にない。

それでも、ジェラルドは彼女を腕の中に抱いたときの感触や、キスしたときの身体の反応を思い出していた。

欺瞞《ぎまん》に満ちた結婚生活で受け取れるものを拒絶しても意味はないだろう。
彼女はただそれだけの存在なのだから。
ジェラルドは唇を歪めて笑った。

第二章　結ばれた二人

婚約披露の舞踏会の日から三週間が経《た》った。

いよいよ結婚式の日がやってきた。自分の部屋でウェディングドレスを着たアリシアは、化粧台の前に座り、いつまでもグズグズと悩んでいた。

悩んでも仕方ないことは判《わか》っているんだけど……。

この三週間というもの、ジェラルドとまったく顔を合わせていない。親が決めた結婚とはいえ、婚約発表してから一度も会わないなんてあんまりだ。彼はこの結婚に対してなんとも思っていないようだが、アリシアのほうはそうはいかない。

女性にとって結婚は一大事だ。人生を左右されるものだと言ってもいい。

だから、少しくらい彼に馴《な》れる時間が欲しかった。それは我儘《わがまま》なことなのだろうか。彼と何度か会えば不安が払拭《ふっしょく》されたかもしれないのに、彼はその手間をかける気などないようだ。

自分の結婚生活はどんなものになるのだろう。

そもそも結婚式を挙げ、神の御前《みまえ》で愛を誓ったとしても、それは嘘《うそ》の誓いでしかない。わたしは本当はリーサなんだから。本物のアリシアは冷たい墓の下にいる。

鏡の中の自分が、本物のアリシアの青白い顔と重なって見えたような気がして、思わず身震いをした。

「アリシアお嬢様……大丈夫ですか？」

家政婦のウェイド夫人の声にはっと振り返る。身支度《みじたく》を手伝っていた小間使いには外に出てもらい、ウェイド夫人だけが残っていたのだ。

「……今更、不安だって言っても仕方ないわよね」

彼女は何もかも知っている。だから、アリシアも心置きなく本音を出せた。

「皮肉だわ。わたしが貴族の娘だということにしか価値を感じていない男性と結婚するなんて」

だからこそ怖いのかもしれない。もし正体がばれたら、彼にとって、たちまち価値のない人間になるのだ。

アリシアは彼に侮辱されて、着の身着のまま追い出される自分の姿を思い浮かべてしまった。結婚式直前にこんなことを想像するのは、自分くらいのものだろう。

「あの方のことは私には判りません。ですが……こう考えてみてはどうでしょう？　あの方にもいいところはあるはずだと。少なくとも外見はいいでしょう？」

ウェイド夫人はアリシアを元気づけるように言った。

アリシアはクスッと笑った。

「そうね。それだけは間違いないわ」

もちろん、アリシアが気にしているのは、彼の外見ではなく内面についてだったが。

「それに……他にもいいところがあるかもしれない。お嬢様はそれを探してみるといいんですよ。物事を悲観しても仕方がないし、恐れるだけ無駄なことだと思うんです。ひょっとしたら……あの方を愛せるようになるかもしれませんよ」

アリシアは彼女の言葉に深く頷《うなず》いた。

未来に起こるかもしれないことを恐れていても、意味のないことだ。それは起こらないかもしれないのだ。そして、この結婚に何もいいことがないとは限らない。

ひょっとしたら素晴らしい何かがあるかも……。

アリシアはほんの少し希望を抱いた。

結局は運命に従うしかないのだ。アリシアとなってジェラルドと結婚する。それが自分の運命だった。

「……判ったわ」

アリシアは立《た》ち上がった。白い絹のドレスが自分を美しく見せている。

いろんな想《おも》いを断ち切るように、アリシアはにっこりと鏡に微笑《ほほえ》んでみた。

教会にはたくさんの人がいた。

といっても、アリシアが知らない人間がほとんどだった。婚約披露の舞踏会で挨拶《あいさつ》をした人達もいるが、侯爵家の親戚《しんせき》とは初めて顔を合わせる。父は親戚からあまり好かれていなかったようで、今まで付き合いもなかった。

そして、ジェラルドの側の親戚や友人とも初めて会う。そもそもジェラルド本人ともほとんど会っていないのだから、それは仕方のないことかもしれない。

アリシアは父と共にバージンロードを歩いていく。この日のために、自分は侯爵令嬢となったのだ。

逃れられない運命だったとはいえ、何故《なぜ》だか奇妙な感じがした。もし自分がアリシアと同じ金髪で緑の瞳《ひとみ》でなければ、孤児院にずっといただろう。あの孤児院では食べ物も碌《ろく》に与えられなかったし、病気になっても放置されるだけだったから、無事に大人になるまで生きていられたかどうか判らない。大人になれたとしても、こんなふうに綺麗《きれい》な純白のドレスを着て、バージンロードを歩けたとは思えなかった。

確かに自分は運命に翻弄《ほんろう》されてきたけれども、それでも大富豪に嫁ぐことが不幸だとは言えないだろう。

ジェラルドは祭壇の前に立ち、自分へと近づくアリシアをじっと見つめていた。彼の目つきは鋭く、アリシアのことをすべて見通しているようにも見えた。

もちろん、それは気のせいだろうけど。

近づくと、彼の瞳に何か炎のように激しいものを感じて、アリシアは思わずベール越しにそっと目を逸《そ》らした。

自分でもよく判らない衝動だった。胸の鼓動が高鳴る。

二人が並んで立つと、式が始まった。

これは愛を伴わない結婚ではあるものの、ここでは愛を誓い合わなくてはならない。しかし、彼は平気で嘘を口にした。

わたしを愛していないくせに……。

愛人を持とうと思っているくせに。

とはいえ、彼のほうが堂々と誓いの言葉を述べたから、アリシアも嘘をつくことに良心の呵責《かしゃく》を覚えなくて済んだ。

彼が嘘をつくなら、わたしだって嘘をついても構わないはずよ。

アリシアはそう思いながらも、か細い声で愛を誓う言葉を口にした。

ウェイド夫人に言われたことをふと思い出す。ひょっとしたら、彼を愛せるようになるかもしれないと……。

そうよね。最初から拒絶するのはよくないわ。

アリシアの指には金の指輪がはめられた。アリシアも彼の指に同じ指輪をはめる。二人の指に光る指輪を見て、改めて結婚を意識した。

わたし……ラングトン夫人になったんだわ……。

アリシア・ラングトン。

もちろんそれも嘘の名前だけど。

胸の奥にちくりと痛みを感じたが、アリシアは平気なふりをした。

二人が夫婦になったことが宣言され、花嫁にキスをするようにと促された。ジェラルドはアリシアのベールを上げる。

彼の銀灰色の瞳がアリシアをじっと見つめてきた。急に胸がドキドキしてくる。以前キスされたときのことを思い出したからだ。

あのとき、彼はわたしを侮辱した……。

だが、まさかここで侮辱するようなことはないだろう。彼は何も言わずにアリシアの肩に両手を置いて、そっと唇を重ねた。

教会に拍手が鳴り響く。

彼はアリシアが偽者だと知らずに結婚した。だが、アリシアがリーサである限り、この婚姻は本物ではないのだ。

自分はそのことを一生隠し続けていかなければならない。

彼は唇を離した。

「君は……もう私のものになったんだ」

囁《ささや》かれたその言葉は、アリシアにはまるで自分が囚《とら》われの身になったかのように聞こえた。


新婚の二人が乗った馬車は、ウエスト・エンドの外れへとやってきた。ここは上流階級の人々がひしめき合う土地ではなかったものの、その代わりジェラルドが所有する屋敷《やしき》の敷地はかなり広いものだ。

そこに、赤煉瓦《あかれんが》と白い石を組み合わせて造られた美しい外観の屋敷が建っていた。古い様式のものではない。最近建てられたもののように見える。

アリシアは教会からジェラルドと二人で乗っていた馬車から降りて、初めて彼の屋敷を目にした。

世間では歴史のある屋敷がもてはやされるものだが、アリシアは古くて汚い孤児院で育ったので、新しく清潔な建物のほうが好きだ。だから、この屋敷で暮らせるのだと思うと、嬉《うれ》しくなってくる。

もちろん不安は依然としてあるのだが、綺麗な屋敷を見た途端、少し気分が晴れてきた。

「アリシア……」

ジェラルドが後ろから声をかけてきたかと思うと、いきなり抱き上げられた。小さな悲鳴を上げて、彼の首にしがみつく。

「な、何……？」

「花嫁を抱いて敷居を跨《また》ぐのが習わしだろう？」

彼はアリシアを抱いて、屋敷の中へと足を踏み入れた。そこには使用人が並んで待っていて、アリシアは彼にしがみついていた手をぱっと離した。

名実共に彼の妻になったとはいえ、やはりなんとなく恥ずかしい。

彼はそっとアリシアを下ろして、使用人を紹介してくれた。といっても、これから大勢の客をもてなさなくてはならないので、まずは執事と家政婦の名を教えてもらった。

客が帰った後でゆっくりと他の使用人にも紹介してもらえるだろう。屋敷の中も隅々まで見てみたかった。

新婚旅行に行かないという話だったから、その余裕はあるはずだ。

それはジェラルドが勝手に決めたことらしく、アリシアが知らされたのは昨日のことだった。彼にしてみれば、金で買った妻に気を遣うことはないということだ。父も反対する気はないようだったし、ましてアリシアが何を言えるだろうか。

もちろん、彼と旅行に行きたいというわけではないけれど……。

ただ、彼のすることには、しばしば自分がまともに扱われていない証拠のようなものが見え隠れしていて、それが気になっていた。

気にしなければいいだけなのかもしれないわ……。

そう思いつつ、アリシアはどうもジェラルドの言動をいちいち意識してしまっていた。

広間で客と歓談した後、午餐《ごさん》の準備ができたということで正餐室へと入る。長いテーブルに白いクロスがかけてあり、花が飾られていた。客がそれぞれの席に着くと、食事が始まった。

碌にジェラルドと言葉を交わす暇もなかった。ジェラルドもアリシアも大勢の客と話すことに忙しかったからだ。ジェラルドはこの華やかな披露宴が望みだったのだろうが、アリシアはすでに疲れてきていた。

父はやたらとワインを飲み、上機嫌だった。そもそも食事の前からブランデーをずいぶん飲んでいたのだ。はっきり言うと、かなり酔っている。父の横に座る遠い親戚の女性が顔をしかめて見ているのに気づき、アリシアは身の置き所がなくなるような気がした。

大酒を飲めば、身体《からだ》が蝕《むしば》まれる。それくらい、父にも判っているだろうに。

誰も父には注意をしない。ただ顔をしかめて見ているだけなのだ。

父が醜態を晒《さら》す前に食事が終わったのは幸いだった。みんながお茶を飲んでいるときに、ジェラルドは席を立ち、父に何か小声で囁いた。父は頷き、ジェラルドに支えられてよろよろと立ち上がり、正餐室を出ていった。

しばらくしてジェラルドが戻ってきたときには一人だった。どうやら彼は父を馬車に乗せて、家まで送らせたようだ。

アリシアはほっとしつつも、娘の結婚式に酔《よ》い潰《つぶ》れる父が恥ずかしかった。

それでも、アリシアは客の前で平気な顔をしていなければならなかった。客との歓談は永遠に続くような気がしていた。

アリシアの頭が朦朧《もうろう》としてきた頃、客は帰っていった。遠方から来た客のために、ジェラルドはホテルに部屋を取っているらしく、ここに泊まる客は誰もいない。こんな大きな屋敷を持ちながら不思議なことだが、どの客ともあまり親しくないのかもしれない。

この夜、ここで過ごすのは使用人を除いて、アリシアとジェラルドの二人だけだ。

最後の客を送り出した後、ジェラルドは言った。

「君の部屋に案内しよう。そろそろその花嫁衣装を脱いで、寛《くつろ》ぐといい」

まだ日も落ちていないが、もうすぐ夕方になり、それから夜になる。

今夜は初夜になるのね……。

初夜には何やら夫婦の絆《きずな》を確かめる儀式のようなものがあると聞いた。アリシアにそのことを詳しく語ってくれる人は誰もいなかったので、何があるのかはよく知らない。

キスしたり……そういうこと？

キスはもう経験している。恐らく他にも何かあるのだろう。

ウェイド夫人に訊《き》いておけばよかったかもしれない。しかし、自分から訊くのもなんだか恥ずかしいことのように思えたのだ。

怖いが、ジェラルドは世慣れた大人の男性なのだから、何もかも取り仕切ってくれるに違いない。自分はただ彼に身を任せるだけだ。

ジェラルドは階段を上がり、豪華な装飾のある両開きの扉を開いた。

「まあ……」

アリシアは部屋を見回して、ほっと溜息《ためいき》をついた。クリーム色と焦げ茶色を基調とした明るくも落ち着いた雰囲気の部屋だったからだ。なんとなく既婚夫人の部屋は暗い色調を想像していたが、これなら今までの部屋とそれほど変わらない。

ベッドは天蓋《てんがい》付きのものだが、白く薄い布が優雅なドレープを描いていて、とても美しいものになっている。同じく白いベッドカバーにはレースがたくさんあしらわれていて、アリシアはこのベッドが大好きになった。

よかった。夫婦は同じ寝室を使うこともあると聞いていたけど、彼がここで寝るところは想像できないから、きっと別々の寝室を使うことになるのだろう。

小さな書き物机や可愛《かわい》い花柄のソファやテーブルがあり、アリシアはここで何時間でも気分よく過ごせそうだった。

衣装室は別にあり、アリシアのドレスが運ばれてきて、収められている。大きな鏡があり、化粧台などもあるから、この一室で身支度が完璧《かんぺき》にできる。

驚いたのは浴室がついているところだった。しかも、自分専用の浴室なのだ。

さすが新しい屋敷ね……。

もちろんジェラルドは大富豪だから、いくらでもお金をかけて贅《ぜい》を尽くしたのだろう。

「君の手伝いをしてくれる小間使いを用意した。後で来るはずだ」

「あの……ありがとう。素敵なお部屋ね。わたし、ここが好きになれそう」

アリシアは本心からそう言ったのに、彼は素っ気なく頷いただけだった。

胸の奥がちくりと痛む。

彼にとっては、わたしが喜ぼうが喜ぶまいがどちらでも構わないんだわ。

彼がそういう人間だということは判っていたものの、なんだかやるせなかった。ごく普通の夫婦になりたかったのに、彼はそういうふりもする気はないのだ。

「夕食は軽いものでいいだろう。八時に下りてくるといい」

それは八時までこの部屋にいるようにという意味なのだろうか。アリシアはついひねくれたことを考えてしまった。

彼が部屋を出ていった後、しばらくしてメイドがやってきた。人のよさそうな女性で、愛想《あいそ》がいい。アリシアより少し年上のようだった。

メアリーと名乗った彼女はアリシアに浴室を使うように勧めてきた。

浴槽を設置してある家はめずらしく、まして浴室がある家は滅多にない。アリシアは温かい湯が出る設備に感動しながら、浴槽に浸《つ》かり、髪まで洗った。

全身が石鹸《せっけん》のいい香りに包まれて、いい気分になる。浴槽から上がった後は普段着用のドレスでソファに座り、ゆったりと寛いだ。最初は読書をしていたのだが、次第に眠くなり、うとうとする。

はっと目が覚めたときには、もう夜になっていた。それから夕食の席のために慌てて身支度をする。軽い夕食とはいえ、ちゃんとしたドレスを着なくてはならないのだろう。この屋敷の習慣は知らないが、そんな気がしたのだ。

アリシアはそうしたマナーを教えられてはいたものの、侯爵家の中ではそれは守られていなかった。父が夕食時に屋敷にいた例《ためし》はないからだ。いつも外で飲んでいるか、賭《か》け事《ごと》をしているかのどちらかで、たまに屋敷にいるときもアリシアと一緒に食事をしようとはしなかったのだ。

アリシアが階段を下りると、ジェラルドが居間にいると執事に教えられた。

ジェラルドは居間でワインを飲んでいた。彼はアリシアに気づくと、一人掛けの椅子《いす》から立ち上がった。彼もちゃんと正装していて、アリシアは普段着用のドレスから着替えてきてよかったと思う。

「何か飲むか？」

「いいえ。わたしは食事の前には何も飲まないの」

「そうか」

彼は素っ気なく言うと、アリシアに座るようにという手振りをした。アリシアはソファに腰を下ろしたものの、なんだか落ち着かなかった。

ジェラルドは自分の夫になったのだが、どうもまだ彼のことが身近に感じられない。そもそも彼は機嫌が悪いように見える。もしかしたら、何も飲まないと断ったからだろうか。

彼はずいぶん素っ気ないけれど、わたしの言い方も素っ気なかったかも……？

それとも、彼は元々こういう人間なのだろうか。もしくは、アリシアのことは金で買ったのだから、やはり気を遣わなくていいということなのか。

晴れの日に父が酔っ払ったことを思い出して、あれが彼の機嫌を損ねた原因なのかもしれないとも思った。

だって、彼は華々しい結婚式と披露宴をしたかったのだから。

侯爵令嬢を妻にしたのだと、上流階級の人々に知らしめるのが目的だったはずだ。それなのに、侯爵があんなに酔っ払っていては台無しだろう。

でも、それはわたしのせいじゃないわ……。

アリシアは彼の不機嫌そうな顔を盗み見ながら、そう思った。

彼の考えていることが判らなくて、どういう態度をとっていいのか迷ってしまう。夫婦になったのだから親しくしたいとは思うものの、どうも笑いかける気にはなれない。彼のほうがもう少し優しい顔を見せてくれれば別だが、うっかり話しかけると怒られそうな気がしてくるのだ。

ウェイド夫人は彼のいいところを見つけなさいと言っていたが、今のところ彼の外見しかいいとは思わない。

だって、彼のことを何も知らないんだもの。

ちらちら見ていると、目が合う。アリシアは慌てて目を逸らした。

「……何か言いたいことがあるなら言えばいい」

「あの……いいわ。別に」

怯《おび》えてそう答えると、彼はムッとしたような顔になる。彼の機嫌を損ねない言い方があったかもしれないと思ったが、今更どうしようもなかった。

やがて夕食の用意ができたと言われ、二人は食堂に向かった。正餐室と違い、丸いテーブルで少し家族的な感じがする。もっとも、ジェラルドとはまだ家族という雰囲気にはなっていないが。

よそよそしい空気が流れる中、二人は食事を始める。軽い食事といっても、量が少ないだけでちゃんとしたディナーだった。おいしいし、何より盛りつけに凝っている。

「料理人はずいぶん張り切っているようだな」

ジェラルドの声に目を上げたが、彼はアリシアではなく、給仕している男性使用人に話しかけていた。

アリシアは目を丸くした。上流階級の世界では、使用人はいないも同然の扱いを受けることが多い。見下した態度をとる人だっている。ところが、彼は使用人に話しかけるだけでなく、とても愛想がいい。

使用人もにこやかに答えていた。

「もちろんですよ。ご夫婦の初めてのディナーですからね」

ジェラルドはどうやら使用人に好かれているようだった。

そういえば、披露宴でもそんな感じだったと思い出す。執事や家政婦を紹介してくれたときもそうだった。

彼のいいところを見つけたわ！

心の中が温かくなってきた。アリシアは本当は貧しい庶民だったからだ。使用人に気を配る人なら、冷酷な人ではないのだと思う。

ああ、でも、わたしの正体を知っても、同じように優しくはしてくれないわね……。

使用人がその場を離れると、不意にジェラルドが大きな溜息をついた。アリシアはビクッと身体を震わせる。

「あ、あの……」

「なんだ？」

彼にじろりと睨《にら》まれて、何も言えなくなった。

どうして、わたしにはそんな態度をとるの？　わたしだって優しくしてほしいのに。

アリシアは自分が使用人以下の扱いを受けているような気がして、落ち込んでくる。

「……なんでもないわ」

「だから……何か言いたいことがあるなら、はっきりと言ったらいいだろう？」

彼は苛立《いらだ》たしげにそう言った。

しかし、彼が不機嫌で怖いとは言えない。それに、これ以上、彼を苛立たせるようなことは口にしたくなかった。

そう。なんとか機嫌をとらないと……。

絶対、彼に嫌われちゃいけないんだから。

アリシアはなんとか口を開いた。

「わたし、少し疲れているみたいなの……」

「そうだろうとも」

彼は皮肉めいた言い方をした。

「あなたこそ……何か言いたいことがあるんじゃないの？」

「いや……。私にはない」

本当にそうだろうか。何かアリシアに対して不満を持っているように見える。もしかして、わたしに失望しているのかしら。せっかく娶《めと》った妻だけど、大したことがないとか……？

彼は、自分のどこかに侯爵令嬢らしからぬところを見つけてしまったのかもしれない。でも、偽者とばれたわけじゃない……わよね？

アリシアは急に不安になり、ドキドキしてきた。自分のテーブルマナーは間違っていないはずだ。ドレスもおかしくないと思う。他に何か変なところがあっただろうか。

必死で考えていると、ジェラルドは鼻で笑うように言った。

「君はもう侯爵令嬢じゃないことを思い出すんだな」

「え……どういう意味かしら？」

彼は侯爵令嬢を妻にしたかったはずだ。夫より妻の元々の身分が高い場合、レディの称号は結婚しても使えるから、自分はラングトン夫人であると同時に、今もレディ・アリシアのままだった。

彼が何を言いたいのか、さっぱり判らない。アリシアはただ戸惑っていた。

「君が結婚してまで、いつまでもお高く留《と》まっているとは思わなかった」

「わたし……」

自分がお高く留まっていると思われているとは想像もしていなかったので、言葉が出てこない。

だが、考えてみれば、アリシアは碌に彼の顔を見ようともしなかったし、飲み物を勧められても素っ気ない断り方をした。アリシアにしてみれば、彼の不機嫌な雰囲気が怖かったから、そういう態度をとってしまっただけだ。

でも、彼には彼の見方があったのね……。

結婚前に二度しか会っていないから、こういう心のすれ違いが起こるのだ。

彼のことをいい人だとはまだ思えなかったが、使用人に対する態度をみれば、それほど冷酷だとは思えない。だとしたら、自分がもう少し歩み寄れば、それほど不快な結婚生活を送らずに済むかもしれない。

そうよ。ウェイド夫人の言うとおりにしよう。

彼のいいところを探そう。そうすれば、彼と愛し合える可能性がないとも限らない。

「もういい。元々、私は君に何も求めていないんだから」

突き放すように言われて、アリシアははっと我に返った。

そういうつもりではなかったが、彼にはアリシアがお高く留まっているようにしか見えないのだろう。

「あの……ごめんなさい。わたし……あなたのことがよく判らなくて……」

「庶民のことは理解できないというわけか」

「そうじゃなくて……」

アリシアは困ってしまった。そんな誤解を与えるつもりはなかったのだ。

「あなたが……なんだか怒っているように見えたから……怖くて」

小さな声でそう告げると、彼ははっとしたように目を見開いた。

「私が怖い、だと?」

「ほら……怒ってるみたい」

ジェラルドはアリシアをじっと見つめて、それから咳払《せきばら》いをする。

「いや……怒っているわけではない。ただ、結婚するのは初めてだから、少し緊張していただけだ」

「まあ……」

彼のようにいつも自信ありげに振る舞う人が、自分と同じように緊張しているとは思わなかった。

「君がひどくおとなしいから、余計な邪推をしたみたいだ。まさか怖がっているとは思いつかなかった」

彼は自分の非を認めた。つまり、謝っているも同然だった。急に、アリシアの心に明かりが灯ったような気がした。彼には信じられないくらい傲慢なところもあるが、素直になるときもあるのだ。そして、優しくなるときもある。もしかしたら、この人と上手くやっていけるかもしれない……。

「わたしも緊張していたの」

彼とは少し違う理由で緊張していたのだが、そう言った途端、彼はにっこりと微笑んだ。

アリシアはそんな彼を見て、ドキッとする。やはり彼が微笑むと、それだけで胸が高鳴ってしまう。初めて会ったときも彼の微笑みに同じような気持ちになったことを思い出した。

「いつもそんなふうに微笑んでくれたらいいのに」

思わず本音を洩らす。すると、彼は照れたように苦笑いをした。

「そうか……？　私はそんなに頻繁に笑わないほうなんだ」

「じゃあ、少しだけでいいから」

彼はじっとアリシアを見つめた。

「本当に……そんなふうに思うのか？」

アリシアは頬《ほお》を染めて頷いた。少しだけでいいから微笑んでほしいなんて馬鹿《ばか》みたいな願いだ。まるで飼い犬がご主人様に頭を撫《な》でてほしいと言っているようで、恥ずかしくなってくる。

だけど、わたしの立場ではそれくらいしか望めないんじゃないかしら。

ジェラルドはふっと笑った。

「いいだろう」

ということは、彼はこれからも微笑んでくれるということなのだろうか。使用人には愛想がいいのだから、そんなに難しいことではないはずだ。

彼にとっては、使用人もアリシアも大した違いはないのだろうし……。

アリシアは落ち込みそうになったが、自分の内に引きこもるような真似《まね》をすれば、またお高く留まっていると思われるだけだ。彼に微笑んでほしければ、自分から愛想よくしなければならない。

彼は気難しい人なのかしら……。

まだ彼のことは全然判らない。冷酷だという噂《うわさ》はあったが、噂のほうが間違っていたのかもしれないとも思う。

それから二人は少しずつ話をしながら食事をした。

彼はその気になれば、やはり楽しい相手になれるようだ。気がつけば、アリシアは彼の言葉に笑っていた。なんだか感じのいい人に思えてくる。

いつもこうなら、彼のことを好きになりそう……。

彼に惹《ひ》かれる気持ちが大きくなっていくことに戸惑いを覚えつつも、胸が妙に熱くなるのを止められなかった。

食事が終わると、彼は立ち上がり、アリシアのほうに近づいてきた。彼に手を差し伸べられ、頬を染めつつその手を取って、立ち上がった。

「寝室に行こう」

「えっ……もう寝るの？」

いくら軽い食事であっても、まだ食べ終わったばかりだ。アリシアが目をしばたたかせていると、彼は小さく笑った。

「いや……まだ寝ない」

「話をするのね？」

そう尋ねた後で、アリシアは思い出した。

初夜の儀式というものがあることを。

急にドキドキしてくる。またキスされるのだろうか。

「私の寝室にはブランデーが用意してある。飲みながら少し話をしてもいいな」

寝室って……彼の寝室なの？

アリシアは彼に手を引かれて、寝室まで連れていかれる。自分の部屋に案内してくれたのも彼だった。あのときはなんだか素っ気なく感じたが、こうして手を引かれているだけでも、今は少し大事にされているような気がしてくる。

彼の寝室はアリシアの部屋の隣だった。

アリシアの部屋とは違い、重厚感のある色使いの部屋だった。家具もどっしりとした感じのものが多い。カーテンやソファ、ベッドの寝具などの布類も濃い色で統一されていた。いかにも屋敷の主人の部屋だという気がして、アリシアはジェラルドにぴったりだと思った。

「ここの扉を開けると、君の部屋になる」

彼がひとつの扉を指して、そう言った。

「わたしの……部屋」

扉一枚で二人の寝室は繋《つな》がっているのだ。二人は夫婦となったのだから、こういうことは当たり前なのだろうか。

アリシアは結婚生活のことなど何も知らないので、戸惑うばかりだった。両親が揃《そろ》っていたのはずいぶん昔のことで、よく覚えていない。それから先は今の自分の手本となるべき夫婦の生活に接することはなかったのだ。

「こちらに座るといい」

　彼に勧められてソファに座る。彼はアリシアの隣に腰かけた。彼の身体が近くにあることを、どうしても意識してしまう。

　目の前のテーブルにはブランデーのデカンタとグラスが二つ置かれている。彼はそれを注いで、グラスを渡してくれた。

「あ……ありがとう」

　ブランデーなんて飲んだこともない。好奇心もあって口をつけてみる。すると、香りがふわっと口の中に広がった。

「まだ緊張しているのか？」

「だって、わたし……結婚のことは何も知らないんですもの」

「私もよく知らない。母は子供の頃に亡くなって、父は再婚もしなかった。君のところもそうだろう？」

「……ええ」

　声が少し震えてしまった。この場合の『母』は侯爵夫人のことで、自分とは赤の他人だ。

「父は死ぬ前に、君と結婚するように言い残した。本当は……結婚なんてどうでもいいと思っていた。君がまだほんの小さな少女のときに会ったきりだったから、本当に君と結婚するなんて想像できなかった。君のほうはどうなんだ？　私と会ったことはあまり覚えてないと言っていたな？」

「わたしは小さかったから……。でも、あなたと結婚することになるとずっと言われて育ったの」

「嫌だとは思わなかったか？　君は父親には逆らえないと言っていたが」

「あなたのことは何も知らないから、嫌なのかどうかも判らなかったわ。わたしはただ……ずっと不安だっただけ……」

彼と会ったことがなかったから。いや、会ったところで、やはり不安は治まらなかっただろう。何しろ偽者だからだ。

もし自分が本当のアリシアならば、そこまで不安に思わずに済んだのだろうが。

ジェラルドは自分のグラスにもブランデーを注ぎ、口に含んだ。それを味わうように、一瞬、目を閉じる。アリシアはその仕草に目を奪われていた。優雅というわけではないが、大人の男らしさというものを感じたのだ。

彼が視線を向けてきたので、目が合う。慌てて目を逸らして、ブランデーをごくりと飲んだ。途端に、胸の中がカッと熱くなってくる。

「あ、あなたは……結婚は大したことではないと言っていたわね？　男女の契約みたいなものだと」

「あのときはそう思っていた。結婚式や披露宴といったことを済ませればいいだけだと。

そうすれば、夫婦なんて単なる男女の関係のひとつに過ぎないと思っていた。だが、妻というものは、他の女とは違う気がする……」

どういう意味なのだろう。アリシアは彼が結婚しても愛人を持つと堂々と言い放っていたことを思い出して、顔をしかめた。

「どう違うの？」

「君は私のものだということだ」

アリシアは意味が判らず、彼のほうに目を向けた。彼はさっきからアリシアをじっと見つめていたらしく、目が合う。

なんだか視線を外せない……。

彼の瞳は鋭さもあるが、今はとても熱っぽい感じに見えている。見つめられていると、頬が赤くなってくる。

胸の鼓動が彼に聞こえているのではないだろうか。それくらい何故だかアリシアの鼓動は速くなっていた。

「わたしは……あなたの……」

「そうだ。私のものだ」

彼はアリシアの手からグラスを取り、自分のグラスと同じようにテーブルの上に置く。

そして、不意に肩を抱き寄せられて、唇が重ねられた。

二度目のキス……。これが初夜の儀式なのだろうか。

アリシアは夫婦になったこともあって、以前キスされたときよりももっと身体の力を抜いていた。いや、力が抜けているのは、今飲んだブランデーのせいかもしれない。

舌が差し込まれても、もう驚いたりはしない。

彼に身を任せると、彼は頰を撫でてきた。それがとても優しく感じて、うっとりしてくる。

わたしは彼のもの……。

その言葉にも、何故か心地よさを感じてしまう。

今までアリシアは誰かにそんなふうに言われたことがない。両親を失ってからというもの、自分の居場所さえも見つからなかった。

孤児院。侯爵家の別荘。そして、侯爵家の屋敷。どれも自分のいるべきところではなかった。厳密に言えば、ここもそうではない。本物のアリシアではないのだから、彼と教会で結婚したとは言えないのだ。

でも、今はわたし自身が彼に求められているような気がして……。

彼の舌がアリシアの舌に絡みついてくる。それがとても淫《みだ》らに思えてくるのは何故なのだろう。二人の身体が絡み合っているところを想像するからだろうか。

そんなことをした経験は一度もないというのに。

頬から首を撫でられ、ついには彼の手は胸へと伸びていく。アリシアはドキッとする。一瞬こんなことをしてはいけないと思ったが、二人はもう夫婦となったのだ。彼が寝室でアリシアのどこに触れたとしても、騒ぐほどのことではないだろう。

でも、どうして胸を触るの……？

そして、わたしはどうして触られてドキドキしているの？

唇が離れて、ふっと息をつく。目を開けると、彼の銀灰色の瞳がじっとアリシアを見つめている。

何故だかアリシアは動けなかった。何か言葉を発することもできなかった。

ただ、二人はじっと間近で見つめ合う。

これから……どうなるの？

初夜の儀式はこれで終わりなの？

いいえ、確か同じベッドに入って、何かを我慢しなくてはならないという話を噂の中で聞いたことがある。

彼は不意に口を開いた。

「君は本当に綺麗だな……」

「そ、そうかしら……。金髪で緑の瞳だから？」

アリシアが一番褒められるのはいつもそこだった。髪や瞳の色が綺麗だと。

「いや、顔立ちも綺麗だ。だが、私が言っているのはそういうことじゃない。君は他の令嬢と違うところがある」

実際、自分は令嬢ではないからだ。だが、令嬢のように振る舞っていたから、違うところがあると言われて、ひやりとする。もしかしたら元は貧しい庶民だということに気づいたのかと思ったのだ。

「君には……凛《りん》とした芯《しん》の強さを感じる。私は君が甘やかされた令嬢だと思っていたが……何か違うような気がしてきた」

着飾っていても、どこか上流階級の娘達とは違うところがあるのだろうか。だが、どこが違うのだろう。アリシアには判らなかった。

「父は……厳しかったから……」

「厳しいというより、無関心のほうが合っているようだがな。そのせいなのか判らないが……君の芯の強さみたいなものが妻として好ましく思えてくるんだ」

アリシアの頬はポッと赤く染まった。

彼は結婚に対して辛辣《しんらつ》な考え方をしていたが、それでも妻として好ましいと思ってくれているのだ。アリシアはそう言われて、とても嬉しかった。

「あの……ありがとう」

思わず礼を言うと、彼はアリシアの目の前で優しく微笑んだ。

彼の笑顔を見た途端、アリシアの胸は高鳴った。胸の奥がじんわりと温かくなり、何故だか幸せを感じる。

わたしも彼を……好ましい……と思っているみたい。

最初は嫌な男だと思ったし、結婚相手だと判ってからも、何か反発するところがたくさんあった。

でも、今夜、わたしは彼の違う面を見たわ。

辛辣なことを言うときもあるが、優しいところもある。いや、本当は優しい人なのだ。

そして、今は彼の内面をもっとよく知りたいと思っている……。

「ベッドへ行こうか」

「え……」

よく判らないまま手を取られて立ち上がっていた。そして、ベッドに向かう。

「あの……もう寝るの？」

「いや、少なくともまだ眠らない。さあ、邪魔なドレスは脱いでしまおう」

アリシアは後ろを向かされ、ドレスの背中に並んだホックを外されていった。

「ど、どうしてっ？　あの……」

「君はどうやら結婚の本当の意味を知らないようだな」

「本当の意味……？」

「大丈夫。私が教えてやろう。君は……私のすることに異を唱えないこと」

そんな……。

男性にドレスを脱がされるなんて初めてのことだ。恥ずかしくてたまらないが、もしかしてこれは夫婦にとって当たり前のことなのだろうか。

それとも、これが初夜の儀式だから……特別なことなの？

アリシアがあれこれ考えを巡らせているうちに、彼に下着姿にされてしまった。コルセットを外され、その下につけているものも一枚一枚剝《は》がされていく。

異を唱えるなと言われたものの、自分の身を守るものが少なくなっていき、だんだん頼りない気分になってくる。

それに……後ろ姿しか見られていないとはいえ恥ずかしい。

「こ……こんなことしなきゃならないの？　本当に？」

「初めての夜だから、今夜は自分の手で脱がせたいんだ」

「でも……わたし……」

アリシアは声もか細くなっていた。男性の前で裸になどなったことはない。脚が震えてきて、止まらなくなってくる。

「こんなに震えて……なんて可愛いんだろう」

何枚もつけていたペチコートをすべて取り去られ、薄いシュミーズ一枚の姿になったところで、彼はアリシアを後ろから抱き締めてきた。

彼の腕に包まれて、温《ぬく》もりを感じる。アリシアはドキドキしながらも、その温もりにうっとりした。

彼はわたしを守ってくれている。何故だかそんな気がしたのだ。

だって、彼は大人の男性だから。アリシアの知らないことをたくさん知っているのだから。

彼も上着やベストを脱いでいて、上半身はシャツ一枚になっている。もしかしたら、彼ももっと脱ぐのだろうか。

そして……ベッドに入るの？

キスで舌が絡み合ったように、自分達の身体もそうなるのかもしれないと思うと、落ち着かなくなってくる。

彼はアリシアの首筋にキスをしてきた。

「あ……」

くすぐったく感じて、思わず声が出る。彼はそのまま首筋に唇を這《は》わせていき、肩口にもキスをする。

剝《む》き出《だ》しになった腕を撫でられて、不意に背筋がゾクリとする。

「あ……なんだか……わたし……」

「変な感じがする？」

震えながら頷くと、彼は耳元で笑った。

「君は敏感なんだな」

それはいいことなのだろうか。それとも悪いことなのか。

アリシアはただ彼に触れられると、自分が自分でなくなるような感じがして怖かった。

そして、怖いのに、触ってもらいたかった。

そういえば彼のことを嫌な男だと思っていたときも、それからもしかしたら冷酷な男かもしれないと思っていたときも、ずっと彼に何か心惹《こころひ》かれていた。

初めて会ったガーデンパーティーのとき……声をかけられたそのときから。

彼の銀灰色の瞳を見たときから。

アリシアの心を震わせる人だったのだ。

初めて彼にキスされたときに、そのことに気づくべきだったのかもしれない。あのとき、アリシアはキスにうっとりした。

心から嫌だと思っている相手にキスされて、うっとりなんてできなかったはず。

もちろん肌に触れられて、こんなふうに感じることも。

けれども、その事実が怖かった。

彼はアリシアを妻として好ましいとは思っていても、愛しているわけではない。今は関心を持ってもらっていても、彼は愛人をつくるようなことを言っていたから、いつかは見捨てられることだろう。

そんな想像をした途端、アリシアは胸の奥に痛みを感じた。

彼を他の女性に渡したくない。そうよ……。彼をわたしのものにしたいの。

でも、それなら……。わたしは彼に……愛してもらいたいの？

わたしは彼を愛しているの？

よく判らなかった。まず愛というものが理解できない。一体それはどんなものなのだろう。

ただ、今の自分が抱いている気持ちは、好ましいなどという漠然とした感情ではなく、もっと強いものであることだけは判った。

彼は後ろからアリシアの胸にそっと触れてきた。

「あ……」

今度はシュミーズ越しだったが、腕に触れられるよりずっと感じている。同時に、彼の手に胸のふくらみがすっぽり収まっていることで、何故だか安心感を覚えた。彼の体温が胸に伝わっているせいかもしれない。

だが、彼は安心感を与えてばかりではなかった。

まるで胸を揉《も》むようにゆっくりと動き、刺激を与えているようだった。そんなふうにされると、乳首の辺りがとても敏感になってきたことに気づいた。

何……？　なんなの、これは？

彼もアリシアが感じていることに気づいたのか、そこを重点的に指先で弄《いじ》っていく。

「や……ぁ……やめて……」

「君が感じているのは判っているんだ。やめるわけがない」

「そんな……」

彼が指先でくるくるとそこを撫でている。刺激されているその部分だけでなく、アリシアはどうしてなのか、脚の間やお腹《なか》の中がムズムズしてくるようなおかしな衝動を感じた。

「わ、わたし……変なの……」

「どこが変なんだ？　君は……きわめて正常な反応をしているのに？」

「だって……ぁ……あぁ……ん」

耐えられず、彼の腕の中で身体を揺らした。気がつけば、彼の身体にすっかりもたれていた。

「こんなものは脱いでしまおうか」

「えっ……」

アリシアは小さな悲鳴を上げた。彼がシュミーズを脱がせてしまったからだ。アリシアは無防備な裸となってしまい、慌てて胸を両手で押さえ、その場にうずくまる。彼はそんなアリシアの姿を見て、笑った。

「わ、笑うなんて……ひどいわ」

「どうしてそんなに必死で隠すのか判らないからだ。君は私の妻になったのに」

「妻は……夫に裸を見せるものなの？」

「そうだ。夫にすべてを見せるものだ。さあ……立って」

アリシアは無理やり腕を外され、立たされた。そして、くるりと彼のほうを向かされてしまう。

「あぁ……やだ……」

彼に全身を見られている。たちまちアリシアは真っ赤になった。

それなのに、彼はまた笑うのだ。

「君は身体まで赤くなるんだな。そんなに恥ずかしいのか？」

アリシアは泣きそうになりながら頷いた。恥ずかしいと訴えれば、彼が身体を隠すことを許してくれるかもしれない。そう思ったのだ。

しかし、そんなことはなく、彼はアリシアを抱き上げると、ベッドの上に静かに下ろした。

「な、何……？　何をするの？」

「これからが本番だ」

彼はアリシアの上に覆いかぶさっている。囁く彼の顔を見ていると、ドキドキしてくる。不思議と彼の顔が近くにあるだけで、アリシアは動揺してしまうのだ。

そう。普通ではいられないの……。

頰だけでなく、身体まで熱くなってくる。

彼は更に顔を近づけてきた。思わず目を閉じると、閉じた瞼《まぶた》の上に口づけられる。唇を軽く押しつけてくるようなキスで、彼の優しさを感じた。

それから、彼は顔の他の部分――鼻の頭や頰、唇の端、それから顎《あご》の辺りにもキスをしていく。

その間に彼の手はアリシアの胸へと伸びていた。そっと胸のふくらみに触れられたかと思うと、乳首を指で弄られて、アリシアは身体をビクンと震わせる。

「あ……ん……」

甘い声が唇から洩れた。

彼は少し笑い、ふざけるように唇にキスをしてくる。

自分は何も身につけていない裸だ。その状態で上からのしかかられて怖いと思ってもおかしくなかったが、何故だかアリシアは恐怖を感じなかった。

彼の仕草があまりにも優しくて……。

このまま彼に身を任せてしまいたい。いや、身を任せることが喜びのように思ってしまう。

首筋を唇が這っていく。くすぐったい気がしたが、それだけではない。身体の奥に何か甘い疼《うず》きのようなものを感じる。同時に、背筋が何かゾクリとした。それは決して嫌なものではなく、疼きと同じでアリシアを淫らな気持ちにさせるものだった。

彼はアリシアの胸元へとキスをしてくる。柔らかい乳房の感触を確かめるみたいに唇を優しく滑らせた。彼の柔らかい唇を感じて、アリシアはビクンと身体を揺らす。

彼の唇は乳首を捉《とら》えた。それどころか、口に含まれてドキッとする。その部分だけが温かいのだ。

「や……やだ……っ」

とてつもなく恥ずかしいことをされているような気がして、思わずそう呟《つぶや》いた。が、彼はアリシアの声を無視して、舌で乳首を転がすように舐《な》めてきた。

一気に淫らな感覚に襲われて、アリシアは自分のそんな反応に戸惑った。頬が燃えるように熱い。彼に刺激されて感じることを恥ずかしいと思う一方で、この行為にとても興奮している。

何故だか両脚の間が痺《しび》れたみたいに熱くなっていた。甘い疼きと一緒になって、アリシアを惑乱させている。

わたしの身体……一体どうなってしまったの？

まるで自分の身体でないみたいだ。どうしても自分の思うとおりにならない。

ただ判っているのは、彼に触られたりキスされることが本当は嫌ではないということだ。実際はとても気持ちがよくてたまらない。ただ、恥ずかしくて、それを認めたくないだけなのだ。

彼にキスされている胸とは反対の胸を、彼は手で愛撫《あいぶ》してくる。大きな掌《てのひら》で胸のふくらみを包み、大きく動かしていく。そうして、先端を指で弄り始めた。すると、なんとも言えない快感が込み上げてくる。

「はぁ……あぁっ……」

声を出したくないのに、どうしても出してしまう。アリシアは自分の恥ずかしい声を聞きたくなくて、慌てて唇を引き結ぶ。そして、首を左右に振った。髪がパサパサと音を立ててシーツに当たる。

その間にも、アリシアの身体は快感に翻弄されていく。

ああ、どうしよう……。

自分はこれからどうなるのだろう。不安と期待が交錯する。どうしたら、こんな快感をもっと味わえるのか。どうすればいいのかも判らない。

何かが欲しいと思っているのに、自分が求めているものがなんなのかも判らないし、どうやって手に入れていいものかも判らないのだ。

次第に身体が高ぶってくる。アリシアは自分ではそれを止められなかった。止めようと思っているわけでもない。

何もかも……判らない。自分がどうなっているのかも。

ただ流されることしかできない。

そのうちに、彼は胸以外にもキスをしてきた。お腹や腰、そして太腿《ふともも》にも。

「い……いや……っ」

アリシアは小さな声で抗議した。そんなところにキスしてほしくないと。

だって、とても恥ずかしいから。下半身を間近で見られるのも嫌だったが、そこにキスされるのはとんでもなく恥ずかしくて、アリシアはもぞもぞと腰を揺らした。

「キスは……嫌いか？」

彼に尋ねられた。

「そ、そうじゃないけど……でも……」

「私は君の身体にキスするのが好きだ」

アリシアはドキンとする。たとえ身体だけでも好きだと思ってもらえるのは嬉しい。お金で買われたようなものだからこそ、アリシアは彼に好意を持ってもらいたいと思っている。

彼がすっと手をアリシアの腿の間に滑らせていった。

「あ……っ……」

内腿を撫でられている。それを何度か繰り返されると、アリシアの身体は快感に震え始めた。どうしてそんなところが気持ちいいのか、自分でもよく判らないのだが、感じることは意志の力では止められない。

彼の手は腿を這い上がってきて、アリシアははっとする。

「ダメ……っ」

彼の手の行き先に気づいて、慌てて脚を閉じようとするが、それもできない。秘部に触れられて、アリシアはギュッと目を閉じた。

だが、閉じた途端、余計に彼の指の動きが感じられるような気がして、ドキッとする。

「力を抜くんだ」

彼の声はとても優しく響いた。

「でも……」

「大丈夫だから」

何が大丈夫なのか判らない。しかし、彼の声の優しさを感じ取ると、力が抜けていった。

彼の指先が秘裂の形をなぞるみたいにそっと動いていく。アリシアはじんわりと熱いものが溶けだしてくるような感覚を覚えた。それが快感だということは、もう判っている。それも、今までの快感とは比べものにならないくらい興奮するものだった。

中でも、とても敏感な部分に触れられると、ビクンと身体が大げさに揺れる。彼は指先だけでアリシアに触れながら、太腿や腰にもキスを繰り返していた。

下半身が蕩《とろ》けてきて、力が入らない。どうしようもなく熱くてたまらなかった。もちろん、こんな経験は初めてだった。

これから……どうなってしまうの？　わたし……どうなるの？

なんだか怖かった。だが、彼の愛撫を受けているうちに感覚が鋭敏になっていって、そんなことを考える余裕がなくなってくる。

彼は突然、アリシアの太腿を広げるように押し上げてきた。

「いやぁ……っ……」

まさか、そんな真似をされるとは思わなかった。触られているだけでも恥ずかしいのに、何もかも曝《さら》け出《だ》してしまうことになるなんて想像もしていなかったのだ。

なんとか力を入れて逃れようとしても、しっかりと摑《つか》まれてできない。

「どうして……こんなことをするのっ？」

アリシアは悲鳴のような声を上げた。

「君をもっと気持ちよくさせてあげたいからだ」

「気持ち……よく？」

今もとても気持ちいい状態になっている。これ以上のことが何かあるというのだろうか。アリシアが戸惑っているうちに、彼は秘部に顔を近づけていった。

「えっ……」

はっきりと秘部に彼の温かい舌を感じて、アリシアは一瞬固まってしまった。

そんな……信じられない！

今さっきまで指で撫でられていたところを舐められている。あまりのことに衝撃を受けて、目を見開いたまま何も言えなくなった。

けれども、すぐに快感が押し寄せてきて、喘《あえ》ぎ声を洩らしてしまう。

「はぁ……ぁ……んっ」

身体の芯が熱くてたまらない。その熱が大きく広がっていくのを、アリシアは感じていた。

ふと、彼は片方の手を離して、秘裂を探ってきた。指先がその内部へと入ってくるのに気づいて、アリシアは戸惑った。

何をしているのか判らない。けれども、とにかく彼の指がアリシアの体内に入ってこようとしていることだけは判った。

「そんな……やめて……」

アリシアは小さな声で訴えた。しかし、彼はやめようとはしてくれない。

「大丈夫。……力を抜くんだ」

大丈夫かどうかという問題ではなく、アリシアは怖かった。身体の内部に彼の指の存在を感じる。

彼の一部がわたしの中に……。

そう思ったとき、アリシアは頭の中がカッと熱くなった気がした。まるで、わたしと彼が直接繋がっているような気分になってくる。身体をくっつけるよりもはるかに親密な触れ合いだ。

わたしはまだ彼のことをなんにも知らないのに……。彼もそうよ。わたしのことなんて何も知らない。本物のアリシアではないことも。

けれども、彼の指が内部にあるということを意識すると、二人はとても深いところで絆《きずな》があるみたいに思えてきた。

これは……錯覚よ。

それが判っていても、どうしてもそういう気分になってしまうのだ。やがて、彼は指を根元まで入れると、それをゆっくりと動かしてきた。

「あぁ……」

アリシアは自分の身体の内部に起こった変化について、敏感になっている。わずかな感覚の違いに気づき、小さな驚きの声を上げた。

やだ。わたし……。

彼の指はアリシアの内部を愛撫しているようだった。そして、その指が動くたびに快感がじんわりと中から込み上げてきた。

同時に、敏感なところを舐められて、身体がビクンと大きく跳ねる。中と外を同時に刺激されて、さっきよりもずっと感じている。

「やぁっ……あっ……あん」

アリシアはシーツをギュッと掴んだ。身体が自分のものでなくなったみたいに、彼のもたらす快感に翻弄されてしまう。頭の中まで熱くなり、身体は燃えるようだった。今は、快感だけがアリシアを支配している。

恥ずかしいとか怖いとか、そういったことよりもずっと……。

アリシアは強く目を閉じた。全身が熱くなって、更にその熱が炎のように一直線に身体の奥から頭の天辺《てっぺん》まで突き抜けていく。

「あぁあっ……ぁあ！」

その瞬間、強烈な快感に身を任せた。爪《つめ》の先まで何かが走り抜けていって、アリシアは今まで経験したことのない感覚に陥る。

何……？　今のは……。

何も判らなかった。自分がこんなふうになるとは知りもしなかった。内部から指が抜けていく。呆然《ぼうぜん》としながら目を開けると、彼が顔を上げるのが見えた。

目が合い、アリシアは思わず顔を隠した。

彼のクスッと笑う声が聞こえたが、自分の晒した痴態を思い出すと、恥ずかしくて彼の顔が見られなかった。

「恥ずかしがらなくてもいい」

「だ、だって……」

恥ずかしくない人なんているかしら。

そうは思えない。

「誰でも同じだ」

「同じ……なの？」

そもそも、誰でもこんなことをしているのだろうか。いや、これは初夜の儀式だから、結婚した乙女《おとめ》は同じようなことを経験しているのだろう。

恐る恐る手を離しかけると、彼が服を脱いでいるところが見えた。思わずドキッとする。

もしかして、彼も裸になるのだろうか。男性の裸なんて見たことがない。絵画や彫刻でちらりと見たことはあるが、じっくりと見たことはなかった。

アリシアは指の隙間《すきま》から彼が肌を露《あらわ》にするところを見ていった。恥ずかしくて顔を隠したい気持ちはあるが、興味もあった。

男性の裸……いや、ジェラルドの裸を見てみたかったのだ。

なんて綺麗な身体なのだろう。

もちろん女性の裸とは違う。柔らかいところはなく、硬く引き締まった身体つきを見ているだけで、胸が躍る。がっしりとしているが、怖くなるほどではなく、しなやかな筋肉がしっかりとついていた。

彼に触れてみたいという衝動が湧《わ》き起《お》こり、アリシアはそんな自分に驚いた。

でも、彼のほうはわたしにあれだけ触れたんだから……。

わたしも彼に触れてみたい。

ドキドキしながら見守っていると、彼は最後に下穿《したば》きを脱いだ。

「あ……」

股間《こかん》に目立つものがあり、アリシアは慌てて顔を隠した。あれは男性にしかないものだ。女性と一番違う点だった。

「君は純情なんだな」

彼はそう言いながら、アリシアの太腿を撫でてきた。両脚はしっかりと閉じていたはずだったが、瞬《またた》く間《ま》にまた広げられてしまう。

「な……何をするの……？　また……？」

「まだ何も終わってないんだ。これから始まると言ってもいい」

始まる……？　何が？

今のが初夜の儀式なのだと思っていたが、そうではなかったのだろうか。

アリシアは不安になりながら、そっと顔から手を離した。自分は大きく脚を広げられ、彼がその間にいた。自分の秘部に当たっているものが彼の股間にあるものだと知り、頬を赤らめる。

彼が腰を動かすと、秘裂が彼の猛《たけ》ったものに刺激されていく。

「あ……ん……」

彼のものが自分の秘部にぴったりと合う。彼がそのままぐっと腰を突き入れてきた。すると、秘部の中へと彼のものが入ってくる。

「えっ……そんな！」

アリシアは目を見開いた。

「力を入れるな。……大丈夫だ。乱暴なことはしない。優しく……するから」

優しく……？

アリシアは懇願するような声の響きを聞いて、彼の言うとおり力を抜こうとした。息を吐くと、彼のものが徐々に中へと入っていく。

痛い……。

アリシアはさっき指を挿入されたときのことを思い出していた。あのときも少しの痛みがあったが、やがて慣れ、それから彼の愛撫に翻弄されていったのだ。

あのときと同じならば、この痛みも収まるに違いない。

それに……。

アリシアは彼と一体になることを想像して、うっとりした。彼の大事なところと自分の大事なところがひとつに合わさるのだ。それこそが二人が結びついたという印であり、初夜の儀式なのだとはっきりと判った。

自分が本当は何者なのかなど、今はどうでもよかった。ただ純粋に、ジェラルドとひとつになりたかったのだ。

彼のことはほとんど何も知らない。それでも、彼は口で何を言ったとしても、心のどこかに優しさがある。

そう。今みたいにわたしを気遣ってくれている。

アリシアは人の気遣いや優しさが何より好きだった。それに飢えていた時期があったからだろうか。

愛して……愛されたい。

彼となら、そんな温かい関係になれるかしら。

買われた妻ではなく、彼とちゃんとした夫婦になりたい。アリシアは痛みの中、そう願った。

やがて、彼のものが根元まで収まり、痛みも消えた。

彼が息をほっと吐いた。いつの間にか閉じていた目を開けると、彼が自分を見下ろしていることに気づく。

「これが……初夜の儀式？」

「ああ、そうだ」

彼はアリシアの髪を優しく撫でてくれた。それだけで痛みを我慢した甲斐《かい》があったような気がする。

眼差《まなざ》しもなんとなくいつもより優しい気がしてくる。

いつも……というほど、彼と一緒にいたことはないけど。でも、今の彼のことは好き。

こうして身体を繋げていることが嬉しくなるほどには好きなのだ。これが愛情なのかどうかは判らないが、それでもこれは愛に近い感情なのではないかと思う。そうでなければ、いくら結婚したからといって、よく知らない男性とこんなふうに抱き合って、嫌悪を感じないはずはないのだ。

嫌悪どころか、今のアリシアは完全に彼のことを憧《あこが》れの眼差しで見つめている。

彼と結婚してよかった……！

不意に、アリシアはそう思った。彼以外の男性と身体を繋げるなんて絶対に嫌だ。彼だから……いいのだ。

アリシアは遠慮がちに手を伸ばして、彼の腕に触れた。そして、少し撫でてみる。

「もっとちゃんと触れていいぞ」

彼が少し身体をこちらに傾けてきたので、アリシアはもう少しだけ大胆に撫でてみた。肩に触れ、背中にも触れて、ゆっくりと肌の感触を楽しむように撫でていく。

しなやかな筋肉がついているが、肌はとても滑《なめ》らかで、触れると気持ちがいい。

他人の肌にこんなふうに触れたのも初めてだ。初夜では初めてのことばかり起こるものなのだろう。

彼はふっと笑う。

「宝物みたいに撫でられたのは初めてだ」

「ま、まあ……そう？」

自分が宝物みたいに撫でているとは思っていなかっただけに、彼の感想には驚いた。

「君の手に撫でられると気持ちがいい」

「え？　わたしも……」

思わず本音を口走りそうになって、慌てて口を噤《つぐ》む。すると、彼の眼差しが柔らかくなった。

「君もわたしに触れられると気持ちがいい？」

「それはそうだけど……あなたに触れるのも気持ちがいいと思ったの」

眼差しの優しさに釣られて、本音をそっと口にしてみる。すると、彼は少し笑った。

「そうか。なるほど。私も君の肌に触れるとき気持ちがいい」

彼はそう言いながら、アリシアの肩をそっと撫でた。そして、ゆっくりと腰を動かしていく。

「あ……んっ……」

彼が動くと、自分の内部にある彼のものも動くことになる。アリシアは何か奇妙な感覚を覚えて、声を出してしまった。

それから、何度も彼は動いていき……。

やがてアリシアは内壁が擦られていく快感を覚えてしまう。次第にそれは大きくふくらんできた。

さっきと同じだわ……。

身体の中に嵐《あらし》でも吹き荒れているようだった。熱くてたまらない。快感だけに自分が支配されているみたいだ。

彼が動くと、身体中がゾクゾクしてくる。それだけでなく、彼の硬いものが奥に当たるたびに、アリシアは指の先まで痺れるほど感じていた。

身体がビクンと大きく震える。

こんな反応をするのを知られたくないとさっきまで思っていた。しかし、今はこれが自然の反応なのだと判ってきた。

「あぁ……あん……あんっ……」

そう。これは自然の反応なのよ。

彼の荒い呼吸音が聞こえている。アリシアは彼の肩に手を触れて、宥《なだ》めるように撫でていく。

次第に何がなんだか判らなくなってくる。アリシアは気がつくと、彼に合わせて腰を揺らめかせていた。

恥ずかしいと思う気持ちよりも、快感を求める気持ちのほうが大きすぎる。

やがて彼の動きは徐々に速くなってきて、アリシアは思わず彼にしがみついた。快感の渦に呑《の》み込《こ》まれてしまいそうだった。

奥まで突かれて、アリシアは喘いだ。だが、すぐにまた内壁を擦られて、身体を強張《こわば》らせる。その繰り返しのうちに、アリシアの快感は大きくなっていく。

全身が熱くなる。彼がアリシアを抱き締めてきたので、必死にしがみつく。

彼がぐっと奥まで己《おのれ》のものを押しつけてきた。

その瞬間、アリシアは弾《はじ》けてしまう。

「あぁぁっ……！」

二度目の絶頂を経験し、アリシアは痙攣《けいれん》するように身体を震わせていた。彼もアリシアを抱き締めたまま身動きもできないくらい感じているようだった。

鼓動が速い。身体が熱い。呼吸が荒い。

それらをすべて彼と共有している。

アリシアはただ彼と身体を重ねている時間を大事にしたかった。まだ動きたくない。

彼が好き……。愛してる。

アリシアは初めて彼に愛情を感じていることに気がついた。

今、抱き合っている彼のことが愛《いと》しくてたまらない。彼とずっと一緒にいたい。いつまでも今のままの優しい彼でいてほしい。

アリシアは胸の奥から溢《あふ》れてくる自分の愛に、少し戸惑っていた。今まで誰かを愛したことなんてないからだ。これが愛だという確かなものは何もない。ただ、自分の中で感じるものが愛でなければ、やはり説明がつかないと思う。

アリシアはそっと彼の背中を撫でた。すると、彼はビクッと身体を震わせて、アリシアから離れていく。

待って……。もっと傍《そば》にいて。

アリシアは口に出さずに、そう思った。

自分は彼ともっとくっついていたかったのだが、彼のほうはそうではなかったのだろう。そう思うと淋《さみ》しい気もしたが、彼を責められない。

彼はベッドから出て、脱ぎ捨てたものを身につけている。アリシアは身体を起こしたものの、どうしたらいいか判らなかった。

「ジェラルド……」

アリシアは彼に自分の気持ちに気づいてほしくて、声をかけてみた。ひょっとしたら、また自分の傍にいてくれるのではないかと思ったのだ。

だが、彼が振り向いたとき、それが間違いだと判った。

さっきまで優しい眼差しでいたというのに、今の彼は冷たい表情になっていた。

「なんだ？」

ぶっきらぼうな物言いに、アリシアは何も言えなくなり、露な胸を両手で隠してうつむいた。

「私は書斎で用事がある。君は……自分の部屋に戻るといい」

ほんの少し前まで二人はここで抱き合って、情熱を確かめ合っていた。それなのに、今はこんなに冷たく突き放されている。

わたし達の結婚生活はずっとこうなのかしら。

今さっき分かち合ったものはきっと幻《まぼろし》だったに違いない。自分が一番求めてやまないものを得られたような気がしたが、やはりそうではなかったのだ。

そうよ。わたしなんか……。

孤児院にいた頃の惨めな気持ちがふと甦《よみがえ》ってきた。誰からも愛されない。汚い痩《や》せこけた子供達の一人でしかなく、身体の大きな子供に苛《いじ》められていた。大人は見て見ぬふりをして、大勢の中にいるのに孤独だった。

わたしは誰からも愛されない子だったから。

優しくしてくれたウェイドやウェイド夫人、いろんなことを教えてくれた家庭教師、面倒を見てくれたメイド達……。

みんな、わたしが『アリシア』として教育されていたから優しくしてくれただけで、孤児院にいた汚い子なら誰にも見向きもされなかったはずだ。

結婚して幸せになれるかもしれないなんて、一瞬でも思った自分が愚かだった。

アリシアの目に涙が光る。

ううん。泣いても何も変わらない。そんなことはよく知っている。

まばたきして、涙を散らしていると、彼が扉を閉める音が聞こえてきた。遠ざかる足音も聞こえなくなると、急にしんと静まり返った。

ランプの灯《あか》り《ひと》が揺らいでいる。

わたしは独りぼっち。

これからもずっとそうやって生きていくに違いない。

ジェラルドは書斎に入り、すぐさまキャビネットからデカンタとグラスを取り出した。ブランデーを注いだグラスを飲み干し、なんとか気持ちを整えようとする。

寝室から出るときに振り返らなければよかった。

アリシアの涙を見てしまって、心が乱れる。

新婚の妻を寝室に置き去りにしたばかりか、泣かせてしまった。そんなつもりはなかったのだが、結果的にそうなったのだ。

彼女と結婚したのは、尊敬する父との約束だったからだ。それ以外の理由はない。金で買ったような妻と、ジェラルドは馴《な》れ合《あ》う気はなかった。いや、もちろん夫婦である以上、ある程度の親密さは必要だ。何より子供を産んでもらわねば困る。そして、貴族の娘を自分の妻にしたと紹介できるくらいには仲良くしようと思っていた。自分にとっての彼女は、それ以上でもそれ以下でもない。

だが、教会で彼女を見た途端、心が揺さぶられた。

元々、彼女は美しかった。金髪で緑の瞳というだけでも目を引くが、彼女は非常に整った顔立ちをしている。少し気が強く、可愛らしいところもあった。キスすれば自分の手の中に崩れ落ちてくるようなたおやかさが、何より気に入っていた。

もっともジェラルドはそれ以上、彼女を自分の心の中に引き入れるつもりはなかったので、寝室でもそういう扱いをするはずだった。

けれども、彼女は男女のことにあまりにも無知で……。

少女のように頬を染めてうつむくところを見ると、何故だか彼女を愛おしく感じてしまった。

すぐに恥ずかしがるが、それでも自分に応えようとしてくれた。快感に戸惑い、痛みに耐えて、自分の身体を宝物のように撫でてくれた。

今まで何人もの女性と関係したことがある。しかし、他の誰もあんなふうに触れてきた女性はいない。愛人として囲っていた過去の女性でさえ、あれほどの優しさを持ってはいなかった。

今思い出しても、彼女の仕草に熱い気持ちになってくる。

清楚《せいそ》で可愛らしい。性的に未熟なのに、感じやすくて、何より包み込むような優しさを持っている。

もしかして、自分は最高の女性を妻にしたのだろうか。

彼女は自分が最初に考えていたほどお高く留まった生意気な娘ではなかった。最高の女性かどうかはまだ判らないが、置き去りにして泣かせるような扱いをすべきではない。

彼女は今頃どうしているだろう。自分の部屋に戻れと言ったから、そのとおりにしているのだろうか。

そして、ベッドで泣き伏しているのかもしれない。

そんな想像をすると、罪悪感が込み上げてくる。

ジェラルドが彼女に冷たい態度をとったのは、心の中に彼女を受け入れたくなかったからだ。彼女を愛したりしたくない。

だが……。

ジェラルドは彼女の涙を思い出す。

彼女を愛するつもりはないが、それでもやはりこれから結婚生活を送るというのに、泣かせたままにしておくのはよくない。

そうだ。いくら彼女が苦労を知らない貴族の娘だからといって……。強欲で自堕落な侯爵の娘で、売られたも同然の身の上だとしても、彼女自身に罪があるわけではない。

彼女のことを愛さなくてもいいのだ。ただ、少しばかり優しくしてやっても、何も悪いことはない。

ジェラルドは彼女を抱き締めてキスをしたかった。泣いているなら慰めてあげたい。何も心配しなくていいのだと言ってやりたい。

ジェラルドはいつまでも書斎にいるのは馬鹿げていることに気がついた。すぐさま廊下に出て、寝室に向かう。

扉を開けると、まだベッドにいた彼女はビクッとして顔を上げた。上掛けで身体を隠していたが、泣き顔はそのままだった。

「ご、ごめんなさい……。わたし、すぐに自分の部屋に……」

「いや、いいんだ。私が悪かった」

「え……？」

ジェラルドはベッドに近づき、そこに腰かけると、彼女の細い肩を抱き締めた。ビクンと身体が揺れたが、嫌がっている様子はない。ただ戸惑うように彼女はこちらをおずおずと見つめてきた。

ジェラルドの胸に何か熱いものが込み上げてくる。

彼女は何も知らない生娘《きむすめ》だった。それなのに、終わった途端、邪険に扱われて、どれほど心が傷ついたことだろう。

初めて会ったとき、はっきりと自分の意見を言う女性だったのに、今はこんなに不安そうな顔つきをしている。

彼女を安心させてやりたい。彼女を傷つけるものから守ってやりたい。

ジェラルドの心にそんな欲求が生まれた。今まで自分は女性に冷淡だったわけではない。しかし、心を許したことは一度もない。

だが、今は……今だけは彼女を愛おしく思っている。
「もう……どこにも行かなくていい。ここで一緒に寝よう」
ジェラルドは彼女にそう囁くと、涙に濡《ぬ》れた頬にキスをした。
彼女のすべてを包み込みたい。
そんなふうに思う自分に戸惑いながら、ジェラルドは彼女の頬を指で撫で、それから
そっと口づけた。

第三章　別荘でのハネムーン

アリシアは目が覚めて、ドキッとした。

目の前にジェラルドの顔がある。しかも、彼はアリシアをじっと見つめていて、髪を撫《な》でていた。

昨夜、彼はアリシアを抱いた後、冷たい態度をとり、寝室を出ていった。かと思うと、少ししてから戻ってきて、今度は急に優しくしてくれたのだった。正直、彼が何を考え、どういう心境で戻ってきたのか、アリシアにはさっぱり判《わか》らなかった。

ただ、優しくしてもらえたのは嬉《うれ》しかった。それだけだ。彼の考えが判らないから、またいつ冷たくされるのか見当もつかない。

しかし、今の彼の眼差《まなざ》しにはどこにも冷たいところはないように見えた。

アリシアはふと昨夜のことを思い出した。

自分も裸だし、彼も裸だ。二人は肌を寄せ合うようにして眠りについたのだった。

「わたし……裸で眠ったのは初めてだわ」

彼はふっと目を細めた。

「そうだろうな。これからは何度でもあることだ」

もしかしたら、毎朝、自分は彼とこうして裸で目が覚めることになるのだろうか。そう考えて、顔を赤らめると、彼はふっと笑った。

「君は恥ずかしがりやなんだな」

「わたし……結婚のことは何も知らないから……」

「何も知らなくていい。これから知ればいいだけだ」

何故《なぜ》だか彼の言葉に、アリシアはほっとする。

アリシアは侯爵家では女主人のように屋敷《やしき》のことを取り仕切っていた。だから、そういったことはできるが、妻の務めについては誰からも教えてもらったことがない。自分にちゃんとやれるのかどうかは、まだ判らなかった。

「今日は……何をすればいいのかしら。あなたは仕事をするんでしょう?」

「そのつもりだったが、予定を変更する。今日は新婚旅行に出かけよう」

「えっ……急に? そんなことできるの?」

「もちろんできる。新婚旅行といっても、別荘に行くだけだから、それほど長い間留守《るす》にするわけじゃない。せいぜい一週間ほどだな」

「一週間……。わたし、旅行にはほとんど出かけたことがないの」

孤児院から連れ出されたときと、ロンドンに連れてこられたときのことを思い出す。あれを旅行と呼んでいいかどうか判らないが、馬車で長い間揺られたのは、アリシアの記憶にある限りあのときだけだ。

「別荘もその周りの村もとても美しいんだ。君は……田舎《いなか》はあまり好きじゃないかな？」

「いいえ。わたし……田舎のほうが好き」

彼は眉《まゆ》をひそめた。

「君はほとんどロンドンで暮らしていたんじゃないのか？　侯爵は確か……」

遊び好きの父は領地をほったらかしにして、ずっとロンドンの屋敷にばかりいる。アリシアは慌てて言った。

「わたし、子供の頃に病気にかかって、田舎で療養していたことがあるのよ」

「そうだったのか。私もロンドンで生まれ育ったが、好きなのは田舎だ。草原が広がっているところや樹木が生い茂る森、輝く湖面、時々見かける動物達……。田舎育ちに言わせると、いかにも都会育ちの言いそうなことらしいが」

アリシアはクスッと笑った。彼の言いたいことは判る。

「でも、わたしもそういったものが好き。鳥のさえずりや虫の声。なんでも好きなの。風に吹かれて立っているだけでも、花の香りが漂ってきて幸せな気分になれるのよ」

アリシアはロンドンの汚い界隈《かいわい》の汚い孤児院にいたので、美しい風景に心を動かさずにはいられなかった。

「それなら、君も別荘に行くのは賛成なんだな？」

「ええ……」

「判った。用意をしよう。出発は午後からだから荷作りをしなくては」

「……今から？」

「もちろん朝食をとってからでいい。……起きられるか？」

彼の言葉に促されて、身を起こしたものの、上掛けはまだ摑《つか》んで離さない。彼はそれを見て、目を細めた。

「恥ずかしいか？　いつかは慣れるだろうが、今日のところは私が退散してやろう」

彼はそう言うと、裸のまま部屋を横切り、浴室に入っていった。アリシアは彼が戻ってくる前に急いでベッドから出て、まだ床に散らばっていたドレスや下着をかき集めて、自分の寝室に飛び込んだ。

ほっと息をついたものの、これから身支度《みじたく》をしなければならない。レディの支度は小間使いに手伝ってもらわなくてはできないので、とりあえず浴室で湯を出し、身体《からだ》を綺麗《きれい》に拭《ふ》いた。

そして、ローブを身にまとい、小間使いのメアリーを呼ぶ紐《ひも》を引っ張った。

ほどなくしてメアリーがやってきて、ドレスを着る手伝いをしてくれる。アリシアは化粧台の前に座り、メアリーが美しい髪形に仕上げてくれるのを見ていた。

「別荘に行かれるそうですね。奥様が朝食を召し上がっている間に、荷作りをしておきますので」

いつの間にか、メアリーに情報が渡っていたらしい。それにしても、自分が奥様と呼ばれる身分になったことに、アリシアは喜びを感じていた。

そう。何よりジェラルドの妻になったことが嬉しいのだ。結局のところ、アリシアはジェラルドを愛していた。

この結婚を幸せなものにするためにも、わたしが本物のアリシアではないことを知られないようにしなくては。

そう思いつつ、心の片隅に罪悪感がこびりついていた。

病床に横たわる瘦《や》せ細《ほそ》った少女が脳裏《のうり》をよぎる。アリシアはそれを無理やり考えないようにした。

だって……今更どうしようもないんだから。

アリシアが本当はリーサという人間なのだと告白しても、誰も幸せにはなれない。ジェラルドは騙《だま》されたと激怒するだろうし、父も今までの恩を仇で返したと怒るだろう。今まで世話になった人々を裏切ることにもなる。そして、自分はすぐさまここから放り出されてしまうに違いない。

嫌……。そんなの嫌よ。

昨夜、初めて男女の営みを知った。あれほど深く人との絆《きずな》を感じたのは初めてだった。ジェラルドを愛しているのに、彼から離れたくない。

彼と一緒に暮らしたい。ずっと彼の妻でいたい。そのためなら、一生、嘘《うそ》をつき続けていこう。

アリシアはそう決心した。


朝食をとった後、しばらくの間、ジェラルドは仕事の打ち合わせで秘書と書斎にこもっていた。突然、旅行に行くと決めたので、調整すべきことがあったのだ。彼は事業をやっていて、会社としては社長がしばらくロンドンを留守にするとなると、いろいろ大変なのだろうと思った。

午後になり、二人は馬車に乗り、出発した。

「わたし、ロンドンを離れるのは久しぶりなの」

都会から遠ざかり、鄙《ひな》びた印象の風景に変わってくると、アリシアは向かいの席に座っているジェラルドに浮き浮きしながら言った。

彼は子供のように馬車の窓から外を眺めるアリシアを見て、口元を緩めた。

「そんなに喜んでくれるとは思わなかった。新婚旅行に行きたいかどうか、結婚前に尋ねてみればよかったな」

結婚前はほとんど顔を合わせなかったのに、そんな暇があるはずがない。というより、彼は結婚する前まで、アリシアに大した興味はないようだった。それどころか、キスしてみて、ひどい一言を放ったのだった。

彼は……いつ変わったの？

というより、あのときの彼にはあんなことを言うだけの理由があったのだろうか。

アリシアは優しいときの彼が好きだ。初めて会ったときから、彼が微笑《ほほえ》むときの顔に惹《ひ》かれていたのだ。

「どうして、そんなに私の顔をじっと見ているんだ？　何かついているか？」

彼は不思議そうに尋ねてきた。

「え、あの……とても優しそうに見えるから……」

「意外かな？　私だって優しいときもある。冷酷な男だと噂《うわさ》されているのは知っているが」

彼はそんなふうに噂されていることを知っているのだ。

「わたしもそう聞いていたけど……」

「そうでもないと判ったか？　私が冷酷だと言われるのは、仕事の仕方によるものだろう。だが、潰《つぶ》れそうな会社といつまでも取引を続けていれば、こちらまで潰れてしまう。多くの従業員を抱えているのに、そんな無責任な真似《まね》はできない」

「そういうことなのね……」

彼は自分の判断が正しいと思っていても、相手からすれば恨みを買うことがあったのかもしれない。アリシアにはビジネスの世界のことは判らない。しかし、投資で巨額の富を築く人もいれば、その反対の人もいる。いろんなことが起こるものなのだ。

そして、富を失った者は、富を得た者を羨《うらや》むことだろう。冷酷だとか非情だとか言われてもおかしくない。

彼自身に本当に冷酷なところがないかどうかは、今はまだ判らない。結婚して二日目なのだから、彼のことが判っているとはとても言えなかった。

それでも、やはり彼の笑みがドキドキするほど優しく見えて……。

アリシアはそんな彼と一緒に馬車に乗れて幸せだと思った。

途中、宿屋で休憩したときも、彼は終始アリシアを気遣ってくれた。馬車から乗り降りするときに手を貸してくれ、歩くときには背中に手を当てたり、腕を取ったり、親切にエスコートしてくれる。もしかしたら紳士なら普通にすることかもしれないが、アリシアは嬉しかった。

軽い食事をとったときも穏やかな表情をしていたし……。

アリシアは彼との関係にとても満足していたせいで、うっかりどこへ向かっているのかを聞き損ねていた。

それに気づいたのは、日が暮れかけた頃だった。馬車がどこかで見たことがあるような風景の中を走っていたからだ。

この道はまさか……。

アリシアはかつてこの風景を馬車に揺られて見たことがある。あのとき、アリシアは期待と不安を同時に感じていた。

『わたしは本当にお金持ちの家にもらわれていくの？　それとも人買いのところに連れていかれるの？』

幼い少女はそう思いながら流れる風景を見ていたのだ。

今のアリシアも不安にかられながら、ジェラルドに尋ねた。

「別荘はどこにあるの？」

「もうすぐだ。君は行ったことがあるかもしれないな。侯爵家の別荘だったところだ」

「侯爵家の別荘……。い、今はあなたのものなの？」

「ああ。数年前、君のお父さんが私に売ったんだ。大金が入り用になったらしくてね
……」

恐らくそれはアリシアの知っているあの別荘のことだろう。この方向だから間違いな

い。本物のアリシアが亡くなり、リーサがアリシアになるべく訓練を受けた場所だ。

アリシアは胸が圧迫されたように上手《うま》く息が吸えなかった。

「そう……だったの……」

「どうかしたのか？」

「いいえ。……大丈夫よ。わたし……その別荘で療養していたものだから……少し思い出しただけで」

本心では行きたくなかった。しかし、行かないとは言えない。今の今まで、別荘で彼と過ごすことを楽しみにしていたというのに。

でも、あの『別荘』のことだったなんて……。

「君はあそこで療養していたのか。……中は改装しているから、君がいた頃とは違っているかもしれないな」

「それならよかった」

アリシアにはそう言うしかなかった。

本当は行きたくない。自分が偽者であることをどうしても思い出してしまうから。

この幸せも偽《いつわ》りなんだわ……。

アリシアは泣きそうになったが、なんとか堪《こら》える。

「そのときは、どこが悪かったんだ？」

「……流行り病《はややまい》だったの。わたし……身体が弱かったから」

「以前、私と会ったときは健康そのものだったのに」

それはアリシアにはない記憶だ。本物のアリシアが病気にかかる前に、彼は顔を合わせていたのだ。

アリシアには、痩せ細った少女しか見ていないから、身体が弱そうだという記憶だけがあった。

「でも、病気には弱かったの……」

「そうだったのか。私は君のことをあまり知らずにいたんだ。当時、君はまだ子供だったし、本気で結婚する気にはなれなかった」

彼はその頃のイメージをごく最近まで持っていたに違いない。だから、なかなか顔も見にこなかった。まったく乗り気ではなかったからだ。

それでも、彼は結婚することにした……。

わたしと会って、気が変わったのかしら。それとも、別の理由のせいなの？

アリシアがあれこれ考えている間にも、馬車は例の別荘に近づいていた。馬車が停《と》まったとき、ギュッと目を閉じる。

どうぞ、わたしにあのときのことを思い出させないで。

ドキドキしながら馬車を降りた。そこには以前よりずっと立派になった別荘があった。

父は何もしていなかったので、外観は古びていたし、内部には不便なところもあった。だが、今はとても素晴らしい家になっていた。

「気に入ったかな？」

彼はアリシアの手を握ってきた。

「……ええ」

アリシアは彼の手をギュッと握った。中に入るのが少し怖い。かつての自分や病床の『アリシア』をどうしても思い出してしまうからだ。

けれども、中に入った瞬間、そこは昔の面影《おもかげ》がどこにもないくらい変わっていた。内装が違うし、飾られているものも違う。大きな絵画などは、アリシアがいたときにはなかった。雰囲気が違っていて、ほっとする。

これなら大丈夫かしら……？

迎えてくれた家政婦はとても温かで気立てのいい人だった。昔いた人とは違う。父が彼に売った時点で、変わったのかもしれない。

別荘にしては大きめの建物で、家政婦一人だけでは手が回らないので、他にも使用人が何人もいる。別荘というからには、たまにしか使わないと思うのだが、ずいぶん手を入れているようで、少し戸惑ってしまう。

「あなたは仕事が忙しくて、たまにしか来られないのでしょう？」

「いや、気の向いたときにはよく来ている。隠れ家みたいなものかな」

アリシアはクスッと笑った。隠れ家などと言うと、子供っぽい感じがする。それが立派な大人である彼とそぐわなくて、妙に可愛《かわい》いと思ってしまった。

「おかしいかい？」

「あなたと『隠れ家』という言葉の響きがなんとなく合わなくて」

「ロンドンは人が多すぎて、疲れるときがあるんだ。そういうときにここへ来て、数日間、何も考えずにいる。そうしたら、気持ちがすっきりするんだよ」

そういうものだろうか。だが、なんにしても、ここにいる間、アリシアは気を張っておかなくてはならない。

昔のことを思い出さないように……。

もし、自分が偽者だと気取られでもしたら最後だ。愛する人と別れなくてはならなくなる。

「さあ……行こうか」

「えっ」

「部屋に戻って、旅の汚れを落とすといい。ここもロンドンの屋敷と同じような設備にしてあるから」

「本当に？　すごいわ！」

こんな田舎で、新しい設備にするのは大層お金がかかることだろう。裕福だと聞いていたが、かなりのものなのだと、今やっと判った。

「では、行こうか。案内してやろう」

アリシアは彼に手を取られて、階段を上がっていった。

急にドキドキしてくる。階段は以前のままの位置にあり、いろんなことを思い出してしまったからだ。

でも、手すりは違う。それに、昔は上り下りするときに軋《きし》む音がしていた。少しずつ同じところと違うところがあり、アリシアは無意識のうちにそれを数えていた。

だが、二階はかなり変わっていた。小さな寝室がたくさんあったが、それを潰して、大きな寝室に作り替えている。中でも主寝室はとても豪華だった。

「この隣の部屋が君の部屋ということになる。だが、ベッドは置いていない。以前は衣装部屋だったが、結婚したから君が着替えるための部屋として使えるようにしておいた」

そこに入ってみると、確かに寛《くつろ》ぐための部屋というわけではなく、本当に着替えるためだけの部屋になっていた。ベッドは主寝室のを使えばいいということなのだろう。

アリシアは昨夜のことを思い出して、一人で照れてしまう。

それにしても、思い切って大胆に改装してあるため、元の印象が薄くなっていて嬉しかった。

もう……昔のことは思い出したくないから。

小間使いのメアリーはもう一台の馬車に荷物と共に乗ってきていた。彼女も疲れているだろうが、荷解《にほど》きをここのメイドと一緒にしてくれる。そして、アリシアの着替えも手伝ってくれた。

着替えて、主寝室に戻ってみると、ジェラルドはソファに座っていた。しかし、腕組みをしながら目を閉じていて、アリシアが近づいても目を開けなかった。

やだ。寝ているの？

彼が居眠りをするなんて信じられない。いや、彼だって居眠りくらいたまにはするだろうが、なんとなくそんなことをしそうにない感じがしたからだ。

最初に会ったときの横柄《おうへい》な印象が強いからだろうか。

アリシアは彼の横にそっと腰かけた。それでも目を開けない。彼は疲れているのだろう。アリシアは馬車の中で眠ってしまっていたが、彼は起きていたようだから。

彼の顔をじっと見つめる。彼が目を開けているときは、こんなふうには見つめられない。見つめれば、彼もそれに気がついて目が合ってしまう。目が合うと照れて、長くは見つめていられない。視線を逸《そ》らすことになるからだ。

でも、今は見つめていてもいいのよね。

アリシアは彼を初めて見たときから、この顔に惹かれていた。好きなのは顔だけではないが、顔も当然好きなのだ。

整っているが、芸術品みたいな完璧《かんぺき》さはない。女性のように優美なわけではない。粗削りでとても男らしく感じる。

今、彼は目を閉じているが、一番好きなのはやはり瞳《ひとみ》だ。ただ、彼の瞳はいろんな表情を映し出している。冷たい表情のときの眼差しは好きではなかった。

優しく微笑むときの彼の顔が好き……。

そう思ったとき、彼が目を開けた。

彼は隣にいるアリシアに気がつき、こちらに目を向けた。視線が合い、彼はアリシアが好きな顔で微笑んだ。

ドキン。

胸が高鳴った。

心の底から愛していると思う。結婚したばかりで、まだ彼のことを大して知っているとは言えない。それでも、アリシアは彼を愛している。

彼のほうはどうなのだろう。こんなふうに優しい眼差しをしてくれるときもあるのだ。少しはアリシアに関心があるのではないだろうか。

そうであってほしい。アリシアはそう願っていた。

結婚というものは、愛し合っていなくてもできるものだとは聞く。しかし、アリシアはできることなら、愛し合う夫婦でありたいと思うのだ。

「少し寝てしまった。……さあ、夕食に行こうか」

彼は立ち上がり、アリシアに手を差し伸べる。

アリシアはその手をしっかりと握った。

自分が偽者であることを考えないようにして。


別荘で出される食事は、ロンドンの屋敷で一流の料理人が作るものとは違っていて、素朴な感じのものだった。

だが、アリシアにとっては、そのほうがいい。肩の凝る豪華な食事よりも、煮込み料理が主体の食事のほうがずっと気が楽だし、疲れが取れる気がした。

食事の間も、ジェラルドはとても感じがよかった。

結婚前までの彼とはまるで違う。彼は結婚のことを一種の契約みたいなものだと言っていた。互いの目的のために夫婦になるもので、愛情など関係ないのだと。

今も考えは変わっていないのだろうか。傲慢《ごうまん》な態度は鳴りを潜《ひそ》めて、アリシアが好きな笑顔が何度も見られる。けれども、彼の心の中までは見通すことはできない。

新婚だから、少しは優しくしてくれているだけかもしれないし……。

でも、最初は行かないと言っていた新婚旅行に連れ出してくれたわ。

馬車の中でもずっと気を遣ってくれていた。アリシアが彼に抱かれて特別な絆を感じたように、彼もまたアリシアのことを大事な存在だと思ってくれるようになったのだろうか。

そう考えると、ドキドキしてくる。

わたしがそうであってほしいと思っているだけかもしれないけど。

アリシアは彼が向けてくる眼差しの意味を、自分のいいように解釈したかった。しかし、彼の結婚前の意見を聞いていただけに、考えがそう簡単に変わるものかどうか、自信がなかった。

たとえ、彼の考えが変わったのだとしても、アリシアは手放しで喜べない。自分が本物のアリシアではないからだ。

もし、彼が真実を知ったとしたら……。

彼がどんな優しい気持ちを抱くようになっていても、それは無になってしまうだろう。彼と彼の父親は騙されていたということになるのだから。価値のないものにずっと大金を払い続けていたのだ。

そう。わたしは彼にとって価値がない……。

彼はただの孤児のリーサと結婚しようなどとは思わなかっただろう。

知られてはならない。秘密を知っている人間は何人かいる。それに、この別荘は二人の少女が入れ替わった場所でもある。もし、何かしらの噂が村に広がっていたとしたら、彼の耳に入る危険性がないとも限らない。

本物のアリシアはとっくの昔に死んだのだと。

アリシアは共同墓地に葬《ほうむ》られた本物のアリシアの墓のことを思い出した。

葬られた現場を見たわけではないが、後から気になって墓地に行ってみた。そして、自分の本当の名前が書かれた墓を見つけたのだ。

あの瞬間、アリシアは自分がもうリーサでなくなったのだと認識したのだった。

「どこか具合でも悪いのか？」

不意にジェラルドに尋ねられて、アリシアはドキッとした。

食事中なのに、心は別のところに行っていた。アリシアはなんとかぎこちなく微笑んだ。

「ごめんなさい。少し疲れているみたい」

「そのようだな。食事を終えたら、すぐに寝室に行こう」

アリシアの頰《ほお》は赤く染まった。寝室は共有で、ベッドも共有だ。つまり、昨夜のようなことがまた行われるということだろうか。

彼はふっと優しく微笑んだ。

「君はすぐに恥ずかしがるんだな」

「わたしは別に……」

「いや、君のそういうところは悪くない。どちらかというと好ましい性質だ」

アリシアは彼を愛している。彼はアリシアについてまた『好ましい』という言葉を使った。なんだか少しがっかりする。愛しているという言葉を望むのは期待しすぎだろうか。もしかしたら『好ましい』と言ってもらえて、自分は喜ぶべきなのかもしれない。

そうだ。もし彼が本当のことを知ったら、好ましいとも言ってもらえなくなる。それどころか、嘘つきと呼ばれても仕方がない。

アリシアは彼に嫌われたり、軽蔑《けいべつ》されることを想像すると、胸が痛くなってきた。

ああ、どうか……彼に真実が知られませんように。

それでは、彼を騙し続けることになる。それはそれで罪悪感が込み上げてくる。

二人の少女のすり替えを企《たくら》んだのは自分ではない。アリシアは自分のせいではないと思いつつも、その嘘に乗っかって今まで生きてきた。

侯爵令嬢と呼ばれ、社交界デビューをした。華やかなドレスを身にまとい、いろんな舞踏会にも出席した。

わたしはみんなを……騙してきたんだわ。

ジェラルドだけではない。ありとあらゆる人達に嘘をついてきたことになる。そう考えると、罪悪感で胸が痛んできた。

とりわけ、ジェラルドには嫌われたくない。

アリシアはその想《おも》いを次第に強くしていた。

食事が終わると、ジェラルドはアリシアの手を取り、二階へと連れていった。寝室には大きなベッドがあり、アリシアはふと心細い気持ちにとらわれる。

「あの……昨夜と同じことをするの？　それとも……あれは……」

ジェラルドはふっと笑う。

「もちろんする。夫婦なら当たり前だ。君はあれが一夜だけのことだと思ったのか？」

「よ、よく判らないわ……。夫婦が同じ寝室を使うことがあるのは知っているけど」

「そうだな。それは夫婦によって違う。別の寝室を使うのが当然という夫婦もいるだろう。だが、私と君は違う。君はここで寝るし……寝るだけじゃなく……」

アリシアは昨夜のことを思い出して、顔を真っ赤にした。彼はアリシアの肩を抱いて、軽く頬にキスをすると、耳元で囁《ささや》く。

「早くナイトドレスに着替えるといい。君はたくさん着ていて、脱がせるのも大変だから。着替えたら、もちろんここに来るんだ」

自分からここに入ってこいと言うの？　ナイトドレス姿で？

アリシアのナイトドレスはとても薄い生地で、身体を隠すためのものではない。寝心地のいいように作られているだけだ。そんな姿で彼の待つ寝室に来るように言われて、アリシアは困惑した。

「でも……」

「私の言うことを聞いてくれ」

アリシアははっとした。彼に嫌われたくない。もちろんこんな些細《ささい》なことで嫌われることはないかもしれない。けれども、些細なことだからこそ、言うことを聞いておいたほうがいい。

彼に反抗するなんて贅沢《ぜいたく》は、自分には許されていないのだ。

買われた妻だからではない。偽者だからだ。

アリシアは頷《うなず》き、隣の部屋に入った。メイドを呼ぶ紐はこの部屋についている。紐を引っ張ると、ほどなくしてメアリーが現れた。

彼女はアリシアのドレスと下着を脱がせ、ナイトドレスに着替える手伝いをしてくれた。そして、豊かな髪をブラシで梳《す》いてくれる。

アリシアの豊かな髪は艶々《つやつや》と輝いていて、身体の半分を隠すほどに長い。しかし、それでもナイトドレス姿をジェラルドに自《みずか》ら晒《さら》すのは恥ずかしかった。

昨夜はどのみちすべてを晒していたのだ。しかも、それ以上のことをした。ただ、自分から裸に近い姿を晒すのは、また違うような気がするのだ。

メアリーが出ていくと、アリシアは気が進まないながら、彼の寝室に至る扉をそっと開いた。

彼は上着とベストを脱ぎ、クラヴァットを外していた。白いシャツに黒いズボンを穿《は》いているだけの姿だが、アリシアよりはずっと着ている。

アリシアがおずおずと入っていくと、ソファに座っていた彼は立ち上がり、目を輝かせた。

「こっちへ……」

差し出された手のほうに歩いていく。今のアリシアはまるで操り人形のようだった。

彼は自分の許《もと》へやってきたアリシアを抱き寄せ、すぐに唇を重ねてきた。

「ん……」

アリシアは彼の唇の柔らかさを感じながら、うっとりと目を閉じる。舌が絡まり、口の中を愛撫《あいぶ》されていく。

彼にキスをされると、それだけで身体の奥から何か快感の波のようなものが込み上げてくる。彼と触れ合うことがこれほど自分に影響を与えるものだということが、アリシアは信じられなかった。

でも、彼はわたしの愛する人だから……。

彼の体温に包まれている。ナイトドレスが薄い生地だから、特にそれは感じる。彼が服を着ていなければ、もっと温かいはずなのに。

彼だけが服を着ていることが、アリシアは少し不満だった。

けれども、彼が裸だったとしたら、もっと気恥ずかしかったに違いない。そういえば、彼は寝るときにいつも何を着ているのだろう。もしかしたら何も着ないのが普通なのだろうか。

そう思うと、身体が熱くなってくる。互いに裸で抱き合った昨夜のことを思い出したからだ。彼が自分の中に入ってきて、ぴったりと身体が重なったときの衝撃や快感が甦《よみがえ》ってくるような気がした。

彼は唇を離して、アリシアの胸を見下ろしてきた。

ナイトドレス一枚しか着ていないので、胸の頂《いただき》が硬くなっているのがはっきりと見て取れる。アリシアは思わず腕で胸を隠そうとした。

「隠すことはない」

「だ、だって……」

「それどころか、ナイトドレスが邪魔だな。脱ぐといい」

「えっ……わたしが？」

彼はニヤリと笑った。

「それ一枚くらい自分で脱げるだろう？」

確かに背中にホックやボタンが並んでいるドレスなどとは違い、自分で簡単に脱げる。けれども、彼の目の前で自ら裸になるなんて考えられない。

「どうしても脱がなくちゃダメなの……？」

アリシアは、そうしなくていいと言ってもらえるのを期待して尋ねた。だが、彼はアリシアが恥ずかしがっているのを判っていて、脱げと言っているようだった。

「君の裸はもう見たよ」

「そうだけど……」

「焦《じ》らさないで脱ぐんだな」

もちろん焦らしているつもりなんかない。だが、いつまでもグズクズしていたら、彼は苛立《いらだ》つかもしれない。

彼に嫌われたくない……。

アリシアはもじもじしながらも、仕方なくナイトドレスに手をかけた。目を瞑《つぶ》って、えいっとばかりに脱いだ。

彼の視線に晒されて、顔だけでなく身体まで赤くなってきてしまう。

「さあ、これはもういいだろう？」

ジェラルドはアリシアの手からナイトドレスを抜き取った。少しでも身体を隠そうとしたのだが、その企みは阻止されたことになる。アリシアはよろよろと後ずさり、後ろにあったベッドにつまずくようにして、座った。

「君は……まだこういうのに慣れないんだな」

「慣れるときが来るとは思えないわ……」

「そのうち慣れるさ」

彼はアリシアの隣に座ったかと思うと、ぐっと腰を引き寄せてきた。そして、アリシアを自分の膝《ひざ》の上に乗せてしまった。

「えっ……やだ」

男性の膝の上に座っている自分が子供みたいに思えてきて、慌てて下りようとしたが、彼に後ろから押さえつけられる。

「あの……わたし……」

「脚を開いて」

彼に囁きかけられて、ドキッとする。

「そんな……できないわ」

彼に脚を開かされるのも恥ずかしいのに、自ら開くなんてできない。アリシアは首を横に振った。

「できるさ。さあ……」

彼の声は笑いを含んでいる。

もしかして、わたしが恥ずかしがるからわざとそんなふうに言ってくるの？　なんとなくそんな気がした。けれども、恥ずかしいものは恥ずかしいのだ。アリシアは困惑してしまった。

彼の言うことを聞いたほうがいいのだろうか。嫌われたくないという気持ちはあるが、それでも自分から脚を開くのは抵抗があった。

「君が脚を開いても、後ろにいる私からは見えない」

そう言われればそうだ。アリシアはおずおずと脚を開いてみた。

「まだだ。脚を開くというのは、こんなふうにということだ」

彼は後ろからアリシアの太腿《ふともも》に手をかけて、左右に開いてしまった。誰が見ているわけでもないのに、アリシアの全身はカッと熱くなってくる。

「やぁ……っ」

思わずうつむくと、自分の両脚が開かれているのが見える。しかも、秘部に彼の手が触れてきたのも見えた。

彼はそっと触れてきて、指先で秘裂をなぞった。

「あっ……ん」

特別に敏感な部分を撫でられて、ビクンと身体を揺らす。彼はそれが楽しいのか、ふっと笑った。

「君の反応はいつもいいね」

馬鹿《ばか》にされているのだろうか。アリシアは首を左右に振った。

「そんな……」

「いや、君が敏感なのが嬉しいんだ。君がなんの反応もしなかったら、こんなふうに愛撫する気にもなれないだろう」

そういうものなのだろうか。アリシアには男性の考えることは判らなかった。

「でも、恥ずかしい……」

「そこがいいんだよ」

彼は秘裂の中に指を忍び込ませる。アリシアは自分の内部に侵入してくるものの感覚に、身体を震わせた。

「私の指が締めつけられている」

「わたし……そんなこと……」

「いや、確かだ。キュッと……まるで私の指を離すまいとしているように」

そんなつもりはないが、身体のほうが勝手に反応してしまったのだろうか。アリシアは頬が熱くなるのを感じた。

「判るかい？　君の中から蜜《みつ》が溢《あふ》れ出《だ》しているのが」

「蜜……？」

彼が指を動かすと、濡《ぬ》れた音がしている。彼にそこを弄《いじ》られていると、痺《しび》れたように熱くなってくるし、それと同時に何かが溢れ出してくるのが判った。

「君の中は……とても温かくて……柔らかい」

「わ、判らないわ……ぁっ……あん」

別の指が敏感なところを撫でている。身体の中と外を同時に刺激されて、アリシアは腰を揺らめかせた。

彼に触れられているところがじんと痺れてくる。

「いやっ……あっ……っ」

「嫌……じゃないだろう？」

「そ、そうだけど……っ」

もちろん嫌ではない。ただ、あまりにも感じすぎていて苦しい。アリシアは身体をビクビクと震わせながら、次第に高まっていく。

こうしていれば、自分の身体がどうなっていくのか、もう知っている。限界まで高まった後は、目も眩《くら》むような快感が訪れるのだ。

アリシアは自分がまたそうなりそうな気配を感じた。内部が熱く疼《うず》いていて、止められなかった。

それなのに、彼は突然、指を引き抜いてしまった。

「えっ……？」

　こんなはずではないのに。

　快感をお預けにされてしまい、アリシアは戸惑った。彼はアリシアの左手を取り、秘部に触れさせた。

「やめて……」

「さあ、自分でやってみるんだ。ほら……ここだよ」

　アリシアは秘裂に触れてみて、ゾクッとした。気がつけば、彼の言うとおりにしている自分がいた。

　わたし……一体何をしているの？

　アリシアは自ら秘部の中に指を挿入している。

　まるで操り人形のようだった。ここまで彼の言いなりになる必要があるだろうか。

　彼に嫌われたくない。

　そう思いつつも、それだけではない。欲求が高まって、そうせずにはいられなかったのだ。そして、挿入しただけでなく、彼がしたように指を動かしていった。

「あん……んっ……ぁ……」

　右手のほうも秘部に触れずにはいられなかった。いつしか両手で熱心に秘部を刺激している。その事実に驚きを覚えつつ、快感にのめり込んでいった。

次第に恥ずかしいという気持ちもどこかに消えていた。

彼は両手でアリシアの胸を弄っている。乳首を指で摘まんだり、撫でたりしている。彼の愛撫のリズムに合わせるように、アリシアも指を動かしていく。

全身が熱く痺れている。もう快感から逃れることはできない。

やがて、アリシアは身体の芯《しん》から熱が一気に噴き上げていくのを感じた。

「あぁぁあっ……！」

激しい快感に翻弄《ほんろう》されて、アリシアはたちまちぐったりと彼にもたれた。すると、彼は身体を後ろにずらし、アリシアを膝の上から自分の広げた脚の間に下ろした。後ろで衣擦《きぬず》れの音がしたと思ったら、すぐにまた太腿を広げるようにして抱え上げられる。

「えっ……ぁ……」

秘部に硬いものが当たっている。それが彼の猛《たけ》ったものだと気がついたが、避ける暇もなく、そのまま秘裂の中に呑《の》み込《こ》まれていった。

こんなふうに後ろから貫かれるとは思っていなかったので、アリシアは驚いた。ひとつに繋《つな》がるには、二人ともベッドに横たわらなければならないと思っていたからだ。

ふと気がついた。

アリシアは裸だが、彼は服を着たままだった。

嘘……。

もちろん、アリシアは二人とも裸にならなければひとつになれないと思っていた。しかし、どうやら違うらしい。とにかく自分だけが裸であることが、アリシアには引っかかった。

感じているのは……わたしだけじゃないわよね？

彼はアリシアの脚を抱え上げるようにして腰を動かしていく。彼のものが自分の内部を行き来しているのを感じて、アリシアは喘《あえ》ぎ声を上げた。

初めてのときとは体勢が違うせいなのか、感じ方も違う。何度も彼が腰を動かすと、そのたびにアリシアは身体の内部から炎のような快感が突き抜けていくのを感じた。

けれども、彼は不意にアリシアから身体を離した。

「えっ……」

アリシアはベッドに転がされる。そのまま彼が覆いかぶさってこようとしていた。

「あ、あなたは脱いでないわ……」

アリシアは彼のシャツの袖《そで》を引っ張った。

「脱がなくてもできるんだよ」

「でも……」

「脱いでほしいのか？」

アリシアは頬を火照《ほて》らせながら頷いた。彼と肌を合わせたかったからだ。それでこそ、二人の身体が重なったと思えるのだ。

　彼は微笑みながら、次々とアリシアの目の前で服を脱いでいった。すぐに一糸まとわぬ姿になると、再びアリシアの中へと入ってくる。

「あぁ……ぁっ……んっ」

　愉悦の声を上げると、彼は微笑んだ。

「笑わないで……」

「おかしいから笑ったんじゃない。君が感じてくれるのが嬉しいだけだ」

「そう……なの？」

「ああ。君の声が……好きだ」

　アリシアは『好き』という言葉にぼうっとなった。声が好きだと言われただけなのに、それでも嬉しいなんて単純すぎるだろうか。

　でも……それでもいいの。

　たとえ、わたしの一部だけでも彼に好きになってもらいたい。

「君の髪も好きだ。こうして……黄金色の髪が広がっているところを見ると、ゾクゾクしてくる。そして、君の緑の瞳も好きだ。宝石みたいな色で、興奮に輝いている」

　彼は愛《いと》おしそうな仕草でアリシアの顔に触れてきた。掌《てのひら》で頬を撫で、唇を親指で撫でていく。アリシアはうっとりして、彼を見つめた。

「わたしも……あなたの瞳の色が好き……」

鋭く見据えられると怖いが、優しく見つめられると、蕩《とろ》けそうになってくる。

「私の肌も好きなんだろう？」

彼はからかうように囁いた。

アリシアはいつの間にか彼の腕をそっと撫でていた。

「だって……撫でると気持ちよくて……」

「撫でられるほうもそうだ。結局、君と私は相性が合うらしい」

アリシアの胸は高鳴った。

自分はお金で買われたようなものだったが、それでも二人は幸せになれるかもしれない。そんなふうに、アリシアは一瞬だけ思ってしまった。

わたしが偽者でも……？

そうだ。アリシアは本物の侯爵令嬢ではないのだ。だが、今はそれを忘れていたかった。本物のアリシアのふりをして、彼を喜ばせることしか考えられない。

そうすれば、いつかきっと……。

侯爵令嬢という肩書なんか関係なく、愛してもらえるかもしれない。

アリシアは彼を見つめる。すると、そっと口づけをしてくれた。そのキスに応えながら、彼の肩から腕へと掌を滑らせる。

好き。好き……。愛してる。

やがて彼が再び動き出した。アリシアは彼の動きに合わせるように、自分の腰を動かした。

次第に奥から熱が広がり、身体の芯から一気に噴き上げていく。彼が奥までぐっと突き入れると、アリシアはたちまち昇りつめてしまった。

「あぁぁっ……！」

彼もまた絶頂を迎えたらしく、アリシアを抱き締める。二人は抱き合い、じっと快感の余韻に浸った。

彼の体温や鼓動、呼吸がそのまま伝わってくる。アリシアは幸福を感じていた。快感だけではなく、二人の結びつきを何より感じて、それが幸せだと思うのだ。

彼もそうだと思いたい。だから、優しくしてくれるようになったのだと。

相変わらず不安はある。それでも、アリシアは彼の妻として懸命に務めていきたいと思っていた。

そう。彼の完璧な妻になりたいの。

ジェラルドはアリシアから離れたかと思うと、ベッドに転がった。そして、一息つくと、アリシアのほうを向いて真剣な眼差しで見つめてくる。

アリシアは自分の想いを伝えるように、一心に彼の銀灰色の瞳を見つめた。

「君は……本当に綺麗だ」

容姿のことばかり褒められるのは好きではない。けれども、彼の口から出てきた褒め言葉なら素直に受け止められる。

「ありがとう……」

お礼を言いながら、アリシアの頬は赤く染まる。

彼はふっと笑って、アリシアを引き寄せ、髪を優しく撫でた。

「君は褒められても恥ずかしがるんだな。それなら、もっと褒めなくては」

「いいの……褒められなくても。ただ……」

「他にしてほしいことでもあるのか？」

「抱き締めてもらえるだけでいいの」

アリシアは最大限、気を遣った言い方をした。本当は彼に愛してもらいたい。けれども、愛を欲したところで、そう簡単に手に入れられるものではない。

ジェラルドはアリシアを抱き締めて、背中を撫でる。

「本当にこれだけでいいのか？」

「ええ……」

「欲のない妻だ。私はなんでも君に与えることができるのに」

それはお金で買えるものの話だろう。アリシアが欲しいのは彼の愛情だけだった。

「ここにいる間……一番近い町に行こう」

「町まで？　何をしに？」

「用事があるんだ」

「……わたしも行っていいの？」

「もちろん。新婚の夫婦が離れて行動するものではないから」

彼は囁くように言うと、アリシアの髪の一房《ひとふさ》を摘まんで、そっとキスをした。

「だが、明日は仕事をしなければならないんだ。書斎に閉じこもることになるが……」

新婚旅行にも、彼は書類を持ってきたらしい。

「いいわ。わたしは散歩でもするから……。ここのことはよく知っているの」

知りすぎるほどに。

アリシアには行っておきたいところがあった。ここを発《た》つときにも行ったあの場所へ行かなくてはならない。

そうすることで、少しでも罪滅ぼしをしたい。

本物のアリシアに。

わたしが彼女に成り代わって、幸せを得ていることに対して。

翌日、ジェラルドは書斎にこもっていた。

アリシアは散歩するという名目で、外に出ていく。改めて辺りを見回し、懐かしさが込み上げてくる。

同時に、少女の頃のつらい気持ちが甦ってくる。あれ以来、自分が自分でいられなくなった。常に他の誰かを演じなくてはならなくなったのだ。

それでも、あの頃はそれが生きるすべだった。侯爵令嬢に成りすませば、二度とひもじい思いをしなくて済む。孤児院でいじめられることはない。綺麗な服を着て、いつもおいしいものを食べていられると教えられて、夢中でいろんなレッスンを受けたものだった。

もっとも、侯爵家にはお金がなかったのだけれど。

アリシアはしばらく庭の中で佇《たたず》んでいたが、やがて花を何本か摘み、それから歩き出した。馬車を用意してもらうのはなんとなく気が引ける。アリシアとしてではなく、リーサとしての用事だからだ。

どのみちそれほど遠くはない。アリシアは昔、小さな棺《ひつぎ》を載せた馬車を追っていったことがある。馬車がどこに行くのか興味があったからだ。たちまち見失ったが、そのまま歩いていくと、馬車が停まっているのを見つけたのだ。

アリシアはあのときと同じ道を歩いていった。

そして、村の外れにある共同墓地に着いた。アリシアは記憶を辿《たど》り、目的の墓を見つけた。

石に刻まれた文字。それはこう書いてあった。

『リーサ・ケリー、ここに眠る』と。

つまり、本物のアリシアは命が尽きたときにリーサになり、その代わりリーサはアリシアとなったのだ。

青白い痩せ細ったあの少女の顔は、今も忘れていない。

アリシアはいろんな思いで胸がいっぱいになって、そこに崩れ落ちるように膝をついた。花を手向《たむ》けたものの、こんなもので本物のアリシアの気持ちが晴れるわけではないだろう。自分は『アリシア』の人生を乗っ取ったようなものだからだ。

彼女が病に倒れなければ、自分は無事に生き延びて大人になれたとしても、せいぜい、どこかでメイドでもして生きていただろう。

それが今や大富豪の妻なのだ。

わたし……彼女に恨まれても仕方ないわ。

もちろんそれは自分のせいではない。しかも、自分が選ばれたのはたまたま髪と瞳の色が同じで、年恰好《としかっこう》が似ていたからなのだ。

どうかわたしを許して……。

アリシアは手を組み、祈りを捧《ささ》げた。

しばらくして、またアリシアは立ち上がり、別荘に戻った。

やはりここには思い出がたくさんありすぎる。昨夜はそれほどでもなかったが、朝になってみると、いろんなことを思い出してしまう。

別荘の中はかなり改装されていたが、記憶を辿って彼女の部屋へと向かった。そこにはあの陰気な病室はない。明るい寝室になっており、カーテンが開け放たれている今は眩《まぶ》しいほどだった。

アリシアはふらりとそこに入っていき、窓から外を見た。ここから彼女はこんなふうに外を見ていたのだろうか。それとも、そんな余裕もないほど弱っていたのか。

「何をしているんだ？」

不意に、ジェラルドの声が聞こえてきて、アリシアはビクッとして振り向いた。廊下から彼が不審そうにこちらを見ている。たまたま通りかかったのだろうか。

「……別に」

アリシアは気まずい思いでうつむいた。この部屋にいたところを、彼に見られたくなかったからだ。

「もしかして、君はこの部屋で療養していたのか？」

彼はアリシアの気持ちも知らず、こちらに近づいてきた。

「ええ……」

「つらいことでも思い出したのか？　顔色がすぐれないようだが」

アリシアは彼にそっと抱き締められて、安らぎを覚えた。しかし、キスされそうになって、顔を背ける。

「ここでは……しないで」

「何故だ？」

「ここではダメ……」

ここは彼女の命が消えた部屋だ。アリシアは迷信深い性質《たち》ではないが、それでもここで『アリシア』の婚約者だった男性とキスなどできなかった。

「ここは君にとって、それほどまでに嫌な思い出のある部屋だったんだな。君は重病だったのか？」

彼はアリシアの頰を優しく撫でた。アリシアは上目遣いに見て、彼があまりにも労《いた》わるような表情をしていたことに驚いた。

「重病……だったわ。とても」

「そうか……。だが、今は健康そうに見える。よかったな」

「そうね……」

ふと、アリシアは嘘をついていることが後ろめたくなり、目を伏せる。

「それなら、早くこの部屋を出よう。わざわざつらい想いをすることはない」

彼はアリシアの肩を抱くようにして部屋を出た。そして、そっと扉を閉じる。

「もう、この部屋を覗《のぞ》いてはいけない。過去のことはもう忘れるほうがいいんだ」

「もう……忘れたいわ」

何もかも忘れてしまえたら、どれほどいいだろう。自分が生まれながらの侯爵令嬢であると思えたなら、こんなに苦しむことはないのに。

もちろん、そんなわけにはいかない。アリシアには一生付きまとう記憶に違いなかった。

「ところで、君は馬に乗れるんだろう？」

「乗れるわ」

アリシアは普通の上流階級の令嬢ができることはなんでもできた。そう教育されてきたからだ。

「よし。乗馬服を着て、厩舎《きゅうしゃ》に行こう」

彼はアリシアの背中をポンと叩《たた》いた。どうやら彼はアリシアを元気づけようとしてくれているようだ。そのために乗馬をしようと言っているのだ。

最初は冷たく傲慢な男性だと思ったのだが、どう考えても彼の心の中には間違いなく優しさがある。もっとも、時々、冷たく思うときもあるが、それでもちょっとした仕草や眼差しに優しさを感じてしまう。

ら。

それとも、わたしが優しくしてほしいから、そんなふうに見えてしまうだけなのかし
アリシアは彼と別れて、乗馬用のドレスに着替えた。それから急いで厩舎に向かうと、彼はすでに馬の用意をしているところだった。

彼の乗馬服姿は初めて見た。ぴったりしたブリーチズに黒いロングブーツを履き、乗馬用の上着を着て、手には鞭《むち》を持っている。なんとも言えず格好よく見えて、アリシアはドキドキしてきた。

彼のほうもアリシアの乗馬用のドレス姿をじっと見つめている。

「とてもよく似合っているよ」

「ありがとう……」

アリシアは頬を染めて、彼に近づいた。

「君はこちらのおとなしい馬に乗るといい」

その馬には横鞍《よこくら》がつけてあり、アリシアは彼の手を借りて乗った。ドレスにつけてあるボタンを外すと、たっぷりした布がアリシアの脚を隠す。

彼も馬に乗ったが、その姿勢のよさに見蕩《みと》れた。彼がすることにいちいちうっとりしている自分はおかしい。だが、彼は何をしても、アリシアの目を引いてしまうのだ。

「さあ、ゆっくり行こうか」

彼は言葉どおりにゆっくりと馬を歩かせた。まずはアリシアの手並みを見てから、走らせようというわけだろう。大丈夫だと言いたかったが、アリシアの乗馬の腕も、長いロンドン暮らしで鈍っているかもしれない。

ロンドンでは馬を走らせるというより、歩かせるほうが重要なのだ。上流階級では乗馬さえも社交の一環なのだから。

思いっきり馬を走らせたのは、まだこの別荘にいるときだった。乗馬の先生の目を盗んで、おしとやかに馬に乗るのではなく、爽快《そうかい》に走らせることを一人で学んだのだ。

アリシアは乗馬さえも懐かしく思いながら、ジェラルドの馬と自分の馬を並ばせた。

「なかなか腕はいいようだな。次はギャロップだ」

馬を小走りにさせて、それからいよいよ本格的に走らせることになる。

庭を抜けて、道を走り、それから風が吹き抜ける草原を走っていく。ジェラルドの馬はとても元気がいいようだが、彼はアリシアの馬に合わせて走るように完璧に制御している。おかげで、アリシアは彼に追いつくために無理に走らせることはなく、気持ちのいい乗馬ができた。

「君は意外におてんばなんだな」

「そうよ！」

アリシアは彼に微笑みかけた。彼も満足そうな笑みを返してくる。

こんな何気ない時間でも、アリシアは幸せを感じることができた。交わす目と目の間に、何か繫がるものがあるような気がしたからだ。

もちろん、それは気のせいかもしれない。

だが、たとえ勘違いだったとしても、アリシアはこの幸せだと感じた気持ちを忘れずにいたかった。

この幸福感がいつまでも続くように。

アリシアはそう祈っていた。


翌朝、ジェラルドは早く目が覚めた。

アリシアはよく眠っていて、起こすのは可哀想《かわいそう》だ。ジェラルドはそっとベッドから出て、乗馬服を身に着ける。

部屋を出る前に、ベッドの中にいる彼女の顔を見つめた。

彼女は美しいが、それだけではない。とても感じやすくて、恥ずかしがりやだ。それなのに、ジェラルドの身体に触れるのが好きみたいなのだ。そして、ジェラルドは彼女に優しく愛撫されることがたまらなく好きだ。

彼女が頰を染めて、自分を一心に見つめてくるときがある。そんなとき、ジェラルドは彼女を愛おしいと思うのだ。

アリシアを愛している……。

ジェラルドはやはりそれを認めるべきなのだろうかと思う。できることなら、ずっと彼女の傍《そば》にいたい。そう思いつつ、やはりまだ彼女に心を許していいのかどうか判らなかった。

彼女のことをまだよく知らないからだ。

だが……もっと知りたいと思っている。

ふと、昨日の彼女の様子が少しおかしかったことを思い出した。いや、この別荘に来てから何かがおかしかった。

彼女が昔ここで療養していたときのことが関係しているのだろうか。一体、ここで何があったのだろう。少女だった彼女の心を傷つけるようなことが、あったのだろうか。

訊《き》いてみてもいいが、正直に話してくれるかは判らない。彼女のほうこそ、ジェラルドに心を許していないような印象を受ける。

父親に売られたのも同然だからかもしれない。誇り高い侯爵家の令嬢が、いくら裕福とはいえ庶民に嫁がされたのだから。とはいえ、アリシアが気取った令嬢だと、ジェラルドは思い込んでいたが、今はそんなふうには思えない。

結婚してまだ日が浅い。これから一緒に過ごしていけば、二人の心の距離が縮まり、彼女も自分に何か打ち明けてくれるだろう。

ジェラルドはそう思い、眠り続ける彼女の顔から視線を逸らし、寝室を出た。厩舎に向かうと、馬番の少年が馬の世話をしていた。彼に鞍をつけさせて、ジェラルドはひらりと飛び乗った。

昨日はアリシアに合わせていたから、あまり充分に走れなかった。今朝は思いっきり走らせるつもりだった。自分のためだけでなく、馬のためでもある。

早朝の光の中、風を切って草原を駆けていく。ロンドンでは味わえない乗馬の醍醐味《だいごみ》だ。いっそ貴族や地主のように田舎に広大な土地を持ち、できることならずっとそこで暮らしたいくらいだ。

しかし、それは現実的でない。ジェラルドはロンドンで会社を経営している。ある程度は目を離しても大丈夫だが、何もかも放り投げることはできない。いくらこの爽快感のためであっても。

厩舎に馬を戻したところで、ジェラルドはアリシアの姿を見つけた。彼女は何やら花を持って、どこかへ行こうとしている。

散歩か……？

ジェラルドは急にアリシアと一緒に散歩をしたくなってしまった。そこで、彼女を追っていく。後ろから声をかけようとして、彼女が妙に急ぎ足で歩いていることに気がついた。

　気楽な散歩というふうには見えない。どこかに向かっているようだ。何か用事があるのだろうか。

　ジェラルドは彼女に声をかけるのをやめ、後をついていった。女性の後をつけるなんて、自分がなんだか卑劣な男に思えたが、彼女のことを少しでも知りたいという気持ちに負けてしまった。

　アリシアは村の外れの墓地に入っていった。

　やがて、ひとつの墓の前に屈《かが》んで、持っていた花を置く。どうやら知り合いの墓のようだ。ジェラルドはそっと近づき、墓碑銘を読んだ。

「リーサ・ケリー……。君の知り合いなのか？」

　声をかけると、アリシアはビクッとして振り向いた。彼女の顔は青ざめている。そんな顔を見て、ジェラルドのほうが驚いた。

　彼女はすぐに表情を強張《こわば》らせたまま、ゆっくりと立ち上がる。

「ええ……。とても……親しい人だったわ」

　彼女の顔はつらそうだった。もしかしたら、自分はここに来てはいけなかったのかもしれない。彼女と『リーサ』の間に無遠慮に割って入ったような気がして、後ろめたい気持ちになる。

「どうしてここに来たの？」

「……悪かった。君が歩いていたから、一緒に散歩に行こうかと思って、ついてきただけなんだ」

彼女がどこに向かうのか知りたかったのだが、そこまで暴露《ばくろ》する気にはなれなかった。自分がそれほど彼女に関心があることを知られたくなかったからだ。

ふと、ジェラルドは墓の前に置かれた花に目をやり、あることに気がついた。

今日摘んだばかりの花とは別に、しおれた花が脇《わき》に退《ど》けてある。花の種類はどれも同じで、庭に咲いていたものだ。つまり、アリシアは昨日もこの墓に花を手向けに来たのだろう。

毎日ここに来たくなるほど親しい友人だったのだろうか。いや、彼女にそんな友人がいたとしても、別におかしくはない。この土地で療養していたのだから、たとえば村の少女と仲良くなることだってあるだろう。

侯爵令嬢のアリシアが村の少女と……？

なんとなく奇妙な感じがした。リーサが村の少女ではなく、メイドの名前だったとしても、侯爵令嬢がメイドのことをそこまで慕うのも変だ。

「『リーサ』というのは、君の遊び相手だったのかい？」

アリシアは顔を歪《ゆが》めた。明らかにジェラルドに触れられたくないことのようだ。だが、

訊いてしまった以上、とことん解明せずにはいられない気分になってくる。

「それとも、別荘で働いていたメイドなのか?」

彼女は一瞬、目をギュッと閉じた。そして、すぐに開いて、ジェラルドから視線を逸らして遠くを見つめる。

「彼女は……憐《あわ》れな孤児の少女だったわ。わたしの話し相手にと連れてこられたけど……重い病にかかって亡くなったの」

「話し相手? 孤児の少女が?」

訳が判らない。どうして話し相手に孤児の少女が選ばれたのだろう。

「親戚《しんせき》か何かだったのか?」

「親戚……とも言えるかもしれない。わたし達はとてもよく……似ていたの。同じ金髪で……同じ瞳の色で……」

アリシアの頬に涙が零《こぼ》れ落《お》ちたのを見て、ジェラルドは目を見開いた。

「悪かった……。君を泣かせるつもりじゃなかったのに」

ジェラルドは彼女を抱き締めて慰めようとして、足を踏み出した。だが、彼女にすっとよけられてしまった。

「いいの。本当に……」

アリシアはしおれた花を拾うと、ジェラルドに背を向けて、去っていこうとする。ジェラルドは慌てて彼女の後を追った。

リーサというのは、一体何者なのか。彼女をここまで動揺させるなんて、一体何があったのか。

ジェラルドはどうしてもそれが知りたかった。

アリシアという人間を深く理解したい。そうすれば、彼女の涙の意味も判るはずだ。謎《なぞ》を解明せずにはいられない。

ジェラルドはどうにかしてそれを探りだすつもりだった。


翌朝、アリシアはまた『リーサ』の墓に花を手向けた。ジェラルドもついてきていたが、アリシアは彼とは話をしなかった。

この件について、ジェラルドに干渉されたくない。というより、本物のアリシアの墓の前で、ジェラルドと仲良くできなかった。彼の本当の婚約者の前で、そんなことはできない。

彼はアリシアを気遣ってくれているようだった。最初は冷たいことを口にしていたが、やはりとても優しい人なのだと思う。そして、アリシアはそんな彼にどうしようもなく惹かれていた。

彼のほうには愛なんてないのに。彼が求めているのは、侯爵家の令嬢という肩書と血統だけなのに。

朝食をとった後、彼はアリシアを近くの町まで誘ってくれた。

別荘から一番近くの町なのだが距離はけっこうあり、馬車で二時間以上はかかった。そこは賑《にぎ》やかな町で、ロンドンほどではないものの、たくさんの店が建ち並んでいて人が多かった。

とはいえ、ロンドンの街中ほどの混み具合ではなく、アリシアにはちょうどいいくらいだった。あちこちの店を見て歩くのがこんなに楽しいと思ったのは、初めてだった。

たぶん、ジェラルドと一緒だから……。

結婚する前、アリシアは自由になるお金を与えられていなかったから、買い物に行っても必要なものしか買えなかった。そういったこともあって、社交界で知り合った人達とも、一緒に店に出かけたことがなかったのだ。

「これなんか君に似合うんじゃないか?」

ジェラルドは店に飾ってある華やかな飾りのついた帽子を指した。早速、店の売り子がやってきて、アリシアに勧める。

「きっとお似合いですよ。ぜひお試しになってくださいさい、奥様」

アリシアがその帽子をかぶってみて、鏡を覗き込んだ。ロンドンではこういった帽子をかぶった貴婦人がいくらでもいる。アリシアもその中の一人になった気がした。

一瞬、この帽子が欲しいと思った。

「よく似合っているよ。欲しいなら……」

アリシアは薄《う》っすらと笑みを浮かべ、首を振った。帽子を脱いで、売り子に返す。

「やっぱりいいわ。今持っている帽子が好きだから」

「そうか……？　だが……」

アリシアは自分の帽子をかぶり直した。これは結婚前に新調したものだ。いくら衝動的に欲しくなったとしても、また新しく買うのはもったいない。

店を出てから、ジェラルドが歩きながら言った。

「君はあまり物を買わないんだな。さっきから私がいろんなものを勧めても、君はすべて買わなくていいと言う。女性は買い物が大好きだと思っていたが」

「わたしは違うの」

そう言いつつ、それは本当ではない。アリシアは買い物をしたくても、できなかったから、買い物なんて好きではないとずっと自分に言い聞かせてきたのだ。その習慣が染みついていて、彼が買ってくれると言っても、どうしてもその気になれなかった。

「アリシア……」

ジェラルドはふと立ち止まった。アリシアは目をしばたたかせながら、彼を見上げる。

彼は眉をひそめて、こちらを見ている。

「正直に言ってくれ。君は……ひょっとして遠慮しているのか?」

「違うわ……。ただ……」

「判っているだろうが、私は裕福なんだ。君に大概のものを買ってやれる。少なくとも、帽子を買ったくらいで破産することはない」

「わ、判っているわ」

アリシアは恥ずかしくなって、頬を赤く染めた。

彼からすれば、アリシアの言動はおかしいのだろう。

「判っているけど……ただの習慣なの。買わないのが普通だったから、買っていいと言われても、なんだか贅沢すぎる気がして……」

彼はやっと納得したような顔になり、頷いた。

「なるほど、そういうことか。つまり、君に何か買ってやりたいときは、君に意見を訊いてはいけないんだな」

「え、でも……必要でないものを買うことはよくないと……」

彼はアリシアを見つめて、にっこり笑った。

彼がこれほどまでに晴れやかな笑顔を見せることはめずらしく、アリシアは見蕩れてしまう。

「必要かどうかは関係ない。私が君に買ってやりたいから買うんだ」

アリシアは彼に手を握られた。手袋越しだが、ドキッとする。彼はアリシアの手を引いて、目の前の宝石店に入っていく。

宝石店ともなると、帽子店とは違う高級感がある。男性店員も執事か何かのようにきっちりとした服装で立っている。店に入ってきた二人に恭《うやうや》しい態度で頭を下げる。

「いらっしゃいませ。何をお求めですか？」

「そうだな。彼女に似合うネックレスを。瞳と同じ色のエメラルドがいいな」

「ジェラルド……」

アリシアは困惑していた。二人で店を冷やかして回るのは楽しかったが、彼は明らかにここでアリシアのための買い物をする気でいる。

「ちょうど奥様にぴったりな品がございます」

店員が持ってきたのは、一粒の大きなエメラルドと少し小さなダイヤモンドがたくさん煌《きら》めいているネックレスだった。

ジェラルドはそれを手に取ると、アリシアの首につけた。鏡を見せられて、確かに自分によく似合うことが判る。しかし、豪華すぎるし、恐らくとても高価なものだろうと思った。

「よし。これをもらおう」

彼は値段さえ聞かずに買うと決めていた。そして、ネックレス以外にも数点の宝石を買い求め、それらをすべて別荘に届けさせる手配をする。

「ねえ、ジェラルド……。わたしは本当に買わなくてもいいのよ」

「私が買いたいんだ」

そう言われると、それ以上、何も言い返せない。結局、彼のお金だからだ。

店を出ると、ジェラルドは満足そうに笑みを浮かべている。

「君に結婚の贈り物をしていなかったからな」

「わたしだってしてないわ」

「いや、素晴らしい贈り物をもらった」

彼はアリシアの肩に手を回して笑った。

わたしが『素晴らしい贈り物』という意味なのかしら。

もし彼がそう思ってくれたら嬉しい。アリシアは自分以外のものを返すことができないからだ。

「あの……ありがとう。あんな高価なものを……」

「美しい君には美しいものが似合う。君は私の妻なんだ。遠慮せずに受け取ってくれ」

彼の考え方に慣れることができるかどうか判らないが、従うべきなのだろう。彼にしてみれば、自分が裕福なのに、その妻がいつまでもつましい性質を持ち続けていると困るかしれない。

彼は貴族の娘を花嫁に欲しがったのだ。つまり、他人に見せびらかすためではないだろうか。だとしたら、倹約するのは、まったく見当違いの行動だ。

「あなたの言うとおりにするわ」

彼に嫌われたくないから。

高価な宝石を身に着けた自分に満足するなら、そうしよう。華やかな帽子をかぶったほうがよければ、そのとおりにしよう。

わたしは彼には逆らえない……。

アリシアは彼にそっと身を寄せた。

二人は通りを歩いているうちに、町の様子が変わってきたことに気がついた。裕福な人間を相手にしている店が少なくなってきている。ひょっとしたら治安が悪い場所かもしれない。少なくとも、あまり着飾って歩く場所でもないみたいに思えた。

「もう……戻りましょうか」

「そうだな」

二人は来た道を引き返そうとしていた。

アリシアは突然、後ろから誰かに突き飛ばされたような衝撃を覚えて、転びかけた。傍《かたわ》らを小さな少女が駆けていく。ぶつかってきたのはその少女だった。

「大丈夫かっ？」

ジェラルドはアリシアを抱きかかえるようにして庇《かば》ったが、彼のほうにも一人の少年がぶつかってきた。素知らぬふりで駆け抜けていこうとした少年は、ジェラルドにぐいと腕を摑まれる。

「何するんだよっ！」

「それはこっちのセリフだ」

ジェラルドが腕をねじ上げると、少年は財布を落とした。その財布はジェラルドのものだった。

アリシアは啞然《あぜん》として、その財布を拾った。

少年はスリだったのだ。恐らくさっきの少女も仲間に違いない。だが、少年はまだ小さく、少女はもっと幼かった。駆けていったはずの少女は少年が捕まったのを見て、泣きそうになりながら、こちらに戻ってきた。

「お兄ちゃん……」

「向こうに行け！　逃げるんだ！」

少年にそう言われて、少女は立ち止まる。少年はなんとかジェラルドから逃げようともがいている。

「離せ！　離せよ！」

「おとなしくしろ。財布を盗むだけならまだしも、おまえ達はレディに怪我《けが》をさせるところだった。このまま警官のところに連れていくぞ」

　ジェラルドが腕を引っ張ると、少年が痛そうな悲鳴を上げる。アリシアは慌てて彼を止めた。

「やめて。お願い！」

「どうして止めるんだ？　子供だからといって甘い顔をしていたら、碌《ろく》な大人にはならないぞ」

「でも、痛い目には遭《あ》わせないで。それに……この子達が悪いんじゃないわ。貧しいせいなのよ」

　アリシアがそう言うと、彼は驚いたように目を見開いた。そして、腕は摑んだままで少年に話しかけた。

「おまえ、名前は？」

「トム……」

「あの女の子はおまえの妹か？」

　トムはこくんと頷いた。彼は汚い身なりをしていて、痩せ細っている。アリシアはまるで昔の自分を見ているような気がしていた。

「妹の名は？　おまえ達、何歳なんだ？」

「エイミー。オレは八歳で、エイミーは六歳だ」

「おまえ達の親は？」

「……死んだ。二人とも」

それを聞いて、アリシアは胸が締めつけられるような気分になった。自分も孤児院に入れられなかったら、彼らみたいに盗みを働いていたかもしれない。悪いことでも、生きるためにはそうしなければならない子供もいるのだ。

「誰も面倒を見る人はいないのか？」

「いない」

「家は？」

「なくなった」

「それじゃ、どこに寝泊まりしているんだ？」

「どこでも。寝られそうなところで」

彼らは親も住む場所もないのだ。彼らを助けてくれる人もいなくて、仕方なく兄妹《きょうだい》で助け合って生きているに違いない。その方法が盗みであったとしても、お腹《なか》を空《す》かせている子供を責められない。

アリシアは離れた場所で様子を窺《うかが》っているエイミーを見て、手招きした。すると、彼女は警戒しながら近づいてくる。

ずっと洗っていない長い髪はすっかりもつれていて、汚れて黒くなっている頬には涙が流れていた。アリシアはそれを見て、自分も泣きそうになってしまった。

「ジェラルド……。お願い。この子達、どうにかしてやれないの？」

どうしてあげれば一番いいのだろう。アリシアには判らなかったが、ジェラルドは知っているかもしれない。彼は鋭い目でトムをじっと見ている。

「おまえ、お腹いっぱい食べられて、寝床があるなら、働く気はあるか？」

トムははっとしたようにジェラルドを見上げた。信用していいのかどうかを見極めようとしているようだった。

「ある。……あります！」

トムが大きく頷くと、ジェラルドはようやく手を離した。

「よし。これから一緒に来るんだ。私のところで働いてもらおう」

「エ、エイミーも……？」

「ああ。二人とも」

歓声を上げたトムはエイミーを呼び寄せた。

「この人がオレとおまえをお腹いっぱい食べさせてくれるんだって。その代わり、この人のために働くんだぞ」

エイミーはまだ警戒しているようだったが、硬い表情で頷いた。アリシアはできることなら彼女を抱き締めて安心させてやりたかったが、まだ早いだろう。今そんなことをすれば、野生動物みたいに逆に不安にさせてしまいそうだ。

ともあれ、アリシアはこんなに小さな子供達を保護できてほっとした。

「ジェラルド……本当にありがとう！」

「いや、確かにこの子達はなんとかしてやるべきだ。その余裕のある大人が」

アリシアははっとした。

子供達が両親を亡くしたのに、どうして周囲は何もしてくれずに放置しているのだろうと思っていたが、彼らの周囲にいた大人達も貧しかったのだ。何かしてやろうとしても、それができなかったのだろう。賑やかでもロンドンほどの規模はないこの町には、孤児院などなかったのかもしれない。

アリシアは子供達が可哀想だと思うあまり、この町の住人が悪いと勝手に判断を下していた。自分も貧しい家に生まれ育ったというのに、どうしてそんな傲慢なことを考えていたのだろう。

裕福なジェラルドのほうがちゃんとものを判っている。アリシアはいつの間にか上流階級の考えに染まっていた自分が恥ずかしかった。

しかし、ジェラルドはアリシアがそんなことを考えているとは気づかず、二人に手を差し伸べた。

「さあ、おまえ達のために買い物をしよう」

「オ、オレ達のため……?」

ジェラルドはわざとらしく顔をしかめてみせた。

「私の別荘では腹ペコの子供を雇うわけにはいかないんだ。パンを買うから、馬車の中で食べるといい」

それを聞いて、トムの顔が明るく輝いた。エイミーはよく判っていないようだったが、自分の兄が喜んでいるのを見て、やっと警戒を解いたようだった。

ジェラルドは結局、パンだけでなく、子供達のために古着を買った。

彼は絶対に冷酷な人なんかじゃない……。

アリシアは胸がじんと熱くなっていた。そして、彼に対する愛情がもっと深まっていくのを感じた。

第四章　交錯する想《おも》い

ロンドンに帰ってきても、アリシアは幸せな気持ちでいた。ジェラルドとはとても上手《うま》くいっていたからだ。彼は仕事するとき以外は、いつもアリシアの傍《そば》にいてくれた。

最初の印象とはまったく違う。あのときは責任さえ果たせば夫は愛人を持ってもいいなどと言っていたが、今の彼にはまったく愛人の影はない。アリシアは何よりそれが嬉《うれ》しかった。

できることなら、この幸せがいつまでも続きますように。

いつまでも、彼がわたしのほうを向いていてくれますように。

ある晴れた日の午後、アリシアはサンルームのカウチで微睡《まどろ》みながら、そんなことをぼんやりと考えていた。

もちろん、いつもアリシアの心には不安があった。自分が本物のアリシアではない不安だ。いつ何時、本当のことを暴露《ばくろ》する人間が現れないとも限らない。

そして、ジェラルドを愛しているからこそ、彼に対して秘密を抱えていることが苦しかった。かといって、それを打ち明けることは絶対にできない。

ああ、どうか今のままで時が過ぎてほしい。

アリシアはいつもそう神に祈っていた。

トムとエイミーは別荘からロンドンの屋敷《やしき》に連れてきていた。トムは厩舎《きゅうしゃ》で馬の世話をしたり、使い走りなどの雑用をしている。思った以上に働き者だ。妹を守るためなのかもしれない。

エイミーはまだ小さいので、アリシア専用の小間使いであるメアリーの見習いという立場で、少しずつ簡単な雑用を覚えている最中だ。エイミーを甘やかしていると、よくメアリーに文句を言われるが、アリシアはどうしても彼女に幼い頃の自分を重ねて見てしまうのだ。

孤児院で苛《いじ》められて泣いていても、誰も助けてはくれなかったからだ。

そういえば……。

アリシアはあの孤児院を久しぶりに訪ねたときのことを思い出して、ぱっと目を開いた。

どうして訪ねたのかというと、ジェラルドはアリシアに小遣いだと言って、銀行に口座を開いて、大金を振り込んでくれたからだ。

『これは君のお金だ。何に使ってもいい』

書斎で、彼にそう言われたとき、天にも昇る心地だった。というのは、少し言い過ぎだろうか。けれども、ほんの少額でも小遣いなどもらったことのないアリシアにとっては、大きな喜びだったのだ。

だから、そのお金をベイリー孤児院に寄付した。

自分がリーサだとは、孤児院の誰にも絶対に打ち明けるつもりはない。ただ、子供達を飢えさせたくない。荒《すさ》んだ気持ちで成長してほしくない。世の中には優しさというものがあるのだと信じて生きていってほしかった。

だから、寄付だけでなく、アリシア自身がベイリー孤児院を訪問した。たくさんのお土産《みやげ》を持って。

院長は以前の寄付金目当ての人物ではなく、当時、子供達の世話をしていた女性に代わっていた。だが、彼女はアリシアにはまったく気づいていない様子だった。たくさんいた子供達の中の一人だから、もう忘れているのだろう。アリシアはほっとして、ラングトン夫人と名乗った。そして、あれから度々、訪問しては、子供達に足りないと思えるものを持っていった。

もっといろんなことをしてあげたいと思うけど、アリシアの寄付くらいではまだ足りないようだ。

ジェラルドに相談したら、いい知恵を出してくれるかもしれない。

一瞬そう思ったが、アリシアはそれをすぐに否定する。彼に頼ってはいけない。何より、自分が孤児院に肩入れする理由を、彼に知られる危険を冒《おか》したくなかった。

「奥様……！」

エイミーの舌足らずな声が聞こえてきて、アリシアはカウチから起き上がった。エイミーはバタバタと小さな足音を立てて、サンルームに現れた。最初に会ったときは汚い身なりをしていた彼女も、今では髪を三つ編みにして紺色のメイドの制服に白いエプロンを着けている。

もっとも、こんなに小さなサイズのメイドの制服やエプロンはわざわざ作らないといけなかったので、ジェラルドにも甘やかしていると笑われたが。

でも、こんなに可愛《かわい》いんだもの。少しくらい甘やかしてあげたっていいじゃないの。

「どうしたの？　エイミー？」

アリシアは優しく尋ねた。

「旦那様《だんなさま》がお帰りになって、奥様を書斎にお呼びです」

「判《わか》ったわ」

そう返事して立ち上がったものの、なんだか変だと思った。ジェラルドは日中はいつも仕事に集中している。こんなに早く帰ってきたことは、今までなかった。

ともあれ、アリシアは書斎へと行き、閉じていた扉を開けた。

「アリシア……」

彼は何故《なぜ》だか沈痛そうな表情をしている。

「どうしたの？　何かあったの？」

彼はアリシアに近づき、一瞬抱き締めたかと思うと、そのまま肩を抱いてソファに座らせた。

「ね、ねえ……何があったの？」

何もなかったとは思えない。ドキドキしながら彼の返事を待つ。

彼はアリシアの正面に立ち、両肩に手を置いて目を合わせてきた。アリシアは大きく目を開けて、彼を見つめる。

「いいか。落ち着いて聞いてくれ。……君のお父さんが……亡くなった」

「え……まさか……」

父とはなんの血の繋《つな》がりもないが、いきなり亡くなったと聞かされて、アリシアは呆然《ぼうぜん》としてしまった。

「なんの病気で……？　お酒の飲み過ぎで？」

「直接にはそうではない。ただ、賭博場《とばくじょう》で負けた腹いせに酒を飲んだのは確かだ。そして、帰る途中、道路で寝込んでしまったんだ。早朝、馬車で……」

あまりにも悲惨な死に方だ。父は自分の欲のために実の娘をあんな形で葬《ほうむ》り、別人を新しい娘に仕立て上げた。それこそ冷酷な男だ。けれども、父がそんな大それたことを考えつかなければ、アリシアは今頃どんな惨めな生活をしていたことだろうか。

今、アリシアが享受しているこの幸せな結婚生活はすべて父がくれたものだ。そういう意味では、アリシアにとって父は恩人だった。

とてもひどい人だったけど……何もそんな死に方をしなくてもよかったのに。

あまりにも痛ましい。アリシアは涙ぐんでうつむいた。すると、ジェラルドが傍《かたわ》らに座り、肩を抱いて引き寄せてくる。

「アリシア……。とても残念だ」

彼の胸に顔を埋《うず》めながら、アリシアは罪悪感を覚えた。彼は父親を亡くした妻を慰めようとしている。しかし、自分は偽者のアリシアで、父親とされる侯爵とはなんの血の繋がりもないのだ。

でも、そんなことは打ち明けられないから……。

こんなときにまで演技をしなくてはならないことが歯がゆかった。いっそ本当のことを言ってしまいたい。そして、彼に許しを請いたい。

けれども、そんなことをしたら、自分は憎まれて、追い出されてしまうに違いない。

ダメ。いくら罪悪感を軽くするためでも、わたしは彼から離れたくない。彼から離れるくらいなら、一生、嘘《うそ》つきのままでいたっていい。

ただ、嫌われたくないの……。

愛してほしいなんて贅沢《ぜいたく》なことは言わないから、せめて……。

「遺体は朝に見つかっていたが、しばらく身元が判らなかったらしい。財布も何も誰かに盗まれたのか、残っていなかった。連絡は侯爵邸の執事から私のところに来たから、葬儀の手配ももう済んでいる。今から、侯爵邸に行くか？」

アリシアは彼の胸から顔を上げて頷《うなず》いた。

父の最期《さいご》を看取《みと》ることはできなかったが、自分をあの孤児院から助け出してくれたという感謝の気持ちから、きちんと見送りたい。

わたしが『アリシア』の代わりとして選ばれなければ、ジェラルドにも出会うことはなかったのだから。

ああ、わたし……ずっと彼の妻でいたい。

アリシアは彼に手を取られて立ち上がったものの、再び彼の胸に顔を埋めた。

彼はアリシアが父親の死に動揺していると思い、慰めるために抱き締めてくれる。彼を騙《だま》しているのは判っていても、アリシアは彼の腕の中にいたかった。

ずっと……一生。

何があったとしても、わたしをここから追い出さないで。

アリシアは必死でそう祈っていた。


葬儀が行われた。

父は人望などなかったのだろう。参列した人間はとても少なかった。アリシアはジェラルドに付き添われながら埋葬まで立ち会った。

悲しいわけではないが、侘《わび》しい気持ちになった。

賭《か》け事《ごと》と酒に捧《ささ》げた人生なんて、これほど虚《むな》しいものはないだろう。裕福に生まれ育ったことが必ずしも幸せなことだとは限らない。とはいえ、貧しく生まれ育った者にとっては、ただの甘えのようにも思える。正しく生きようと思えばできたはずだ。財産を食《く》い潰《つぶ》す前にそのことに気づいてほしかった。

助けを欲していて、どうにもならない人間はたくさんいるのだから。

でも、今となっては遅すぎる。アリシアは彼に恩がある。だから、彼のためにただ神に祈りを捧げた。

「大丈夫か……？」

墓の前で屈《かが》み込《こ》み、祈っていたアリシアの肩に、ジェラルドが手をかけてきた。

「ええ……大丈夫よ」

アリシアは立ち上がり、目を伏せながらそう答えた。彼が気遣ってくれることは嬉しいが、後ろめたくて目を合わせられない。本当の父親を亡くしたと、彼が思い込んでいるからだ。

二人は侯爵邸に戻った。

父は財産と呼べるものをまったく残していなかった。価値のあるものはすべて売っていた。別荘もだが、驚くべきことにこのロンドンの侯爵邸でさえ、実はジェラルドが所有していた。

侯爵家の領地と屋敷は売却することは許されていないので、新しい侯爵となる父の遠縁の男性が受け継ぐことになっているが、父が長年ほったらかしにしていた場所なので、屋敷は荒れ果てているだろう。

アリシアはそんな話を、侯爵邸の応接間で、父の弁護士から聞いた。

「それじゃ……この屋敷はどうするつもりなの？」

アリシアは隣に座っているジェラルドに尋ねた。

ロンドンにはすでにジェラルドの屋敷がある。多少、中心地から外れたところに建っているものの、素晴らしく立派な屋敷だ。この侯爵邸だった屋敷は立地こそなかなかいいものの、手狭《てぜま》だし、何より手入れがされていないために傷《いた》んでいる箇所がたくさんある。

「君がここを残しておきたいという気持ちは判るが……」

「いいえ。その必要はないわ」

アリシアがきっぱりと言ったので、ジェラルドも弁護士も驚いていた。

「君はほぼここで育ったんじゃないのか？　思い出があるのでは？」

「思い出は……いいものだとは限らないでしょう？　もちろん悪いことばかりではなかったけれど」

たとえばウェイド夫妻はとても優しくしてくれた。アリシアの正体を知っていたというのに。

アリシアははっと顔を上げた。

「使用人はどうなるの？　屋敷はあなたの好きなようにすればいいけど、使用人を放り出すわけにはいかないわ！　ねえ、ジェラルド……お願い。他に雇い先を見つけてあげるなり、あなたが雇うなりしてくれなければ……」

ジェラルドの瞳《ひとみ》には驚きがあった。アリシアがあまりにも勢い込んで使用人の処遇について意見を言ったので、彼は何事かと思ったのだろう。

「侯爵は使用人に払う給金ももったいないと思っていたようだから、幸いにしてこの規模の屋敷にしては人が少ない。他の屋敷で働きたい者には次の雇い先を紹介できる。ただ、執事と家政婦は同じ待遇で雇ってもらうのは難しいだろう」

「そんな……！　お願い、ウェイド夫妻には……わたし、とてもお世話になったの。わたしの……両親みたいなものなんだから。あの人達にも何かいい仕事を紹介してあげて！」

侯爵令嬢が執事と家政婦を両親のようなものだと言う。そのおかしさは判っているが、どうにかして二人に仕事を紹介してもらいたくて懸命に頼んだ。

彼は眉《まゆ》をひそめてアリシアを見つめていたが、やがて頷いた。

「いいだろう。彼らが君にとってそれほど大切ならば……。とりあえずはこの屋敷の管理をしてもらおう。この屋敷を売った後のことは、二人と話し合うことにする。二人とも、いつまでも働けるという年齢ではないのだから、隠居するなら住居を用意してもいい」

「本当に？　ありがとう……ジェラルド！」

使用人全員が彼にその後を保証してもらえることはもちろん嬉しいが、それ以上に、彼が自分の気持ちを大事にしてくれていることが判って嬉しかった。

父の弁護士とジェラルドは他に話があるらしく、アリシアは早速ジェラルドが約束してくれたことを使用人に伝えにいった。彼らが不安に思っているかもしれないからだ。

みんなはほっとしているようだった。中でも、ウェイド夫人は感激していた。

「お嬢様の旦那様は素晴らしい方だったんですね。あの方と結婚して、本当によかったですね」

「ええ。そうね……」

アリシア自身も彼と結婚してよかったと思っている。

結婚前には、こんなにも彼を愛してしまうなんて想像もしていなかったけれども。

アリシアを彼に嫁がせようと計画した父は亡くなった。いずれこの屋敷は売却され、別荘はジェラルドのものになっている。アリシアの後ろ暗い秘密は次第に葬られようとしている。

これでいいの……？　本当にいいの？

アリシアは無理やり不安を抑えつけて、にっこりと笑った。

「みんなこれできっと……幸せになるわ。今までありがとう」

自分が遊ぶお金以外はなるべく節約しようと心がけていた父のことだから、使用人の給金は安かったと思うのだ。これからはまともな給金を手にできることだろう。

これですべてが解決したのならいいのだけど。

アリシアはまだ何かが隠されているようで、それが怖かった。


二人は侯爵邸を出て、帰途についた。

馬車の中で、弁護士との話の内容を聞き出そうとしたのだが、何故だかジェラルドは言葉を濁して答えようとしない。しかも、屋敷に戻った途端、彼は会社に出かけてしまった。一体、なんの話をしたのか知りたかったのに。

隠されると、どうしても知りたくなる。夜になって、やっと彼は帰ってきたが、夕食の後は書斎で仕事があると言って、閉じこもった。

もしかして、避けられているの……？

まさか、わたしが偽者だって判ってしまったとか？

アリシアの心に不安が渦巻いた。

そういえば、馬車の中でも彼はアリシアと目を合わせようとはしなかった。ひょっとしたら、弁護士は侯爵令嬢が入れ替わっていることを知っていたのかもしれない。そして、それをジェラルドに伝えた……。

アリシアはそんな想像をして、居ても立ってもいられなくなった。一旦《いったん》、寝室に入ったアリシアだったが、どうしてもジェラルドと話さずにはいられなくて、寝支度《ねじたく》を後回しにして、書斎に向かった。

扉をノックすると、不機嫌そうな応答があった。アリシアは怖気《おじけ》づきそうになったが、このままではいられない。中に入り、机についているジェラルドが眉をひそめるのを、緊張しながら見つめた。

「どうしたんだ？　私はすることがあるんだが、何か用事か？」

「……教えてほしいの。弁護士と話したことを」

彼は肩をすくめ、手にしていた書類に視線を落とした。

「大したことじゃないと言っただろう。後の処理はすべて私がやることに決まった。それだけだ」

「でも……何か話したんでしょう？　弁護士は……何を言ったの？」

アリシアが食い下がると、彼は深い溜息《ためいき》をついた。そして、ゆっくりと立ち上がり、アリシアに近づいて、ソファのほうに連れていく。

「何か飲むか？」

「飲む気分じゃないの……」

「私は飲みたい気分だ」

彼はキャビネットからグラスとデカンタを取り出して、ブランデーを注いだ。それから、一人掛けの椅子《いす》に腰かけて、グラスを口に運んだ。

「そ、それで……どういう話をしたの？」

「君は案外しつこいんだな。……話はこうだ。君のお父さんは多額の借金を残したんだ」

「借金……？」

アリシアは唖然《あぜん》とした。

どうやら、弁護士がした話はアリシアの秘密とは無関係だったらしい。それにはほっとしたものの、あれだけジェラルドに援助してもらっていたのに、借金までしていたとは呆《あき》れてしまう。

「借金してまで賭け事を楽しんでいたようだ。放っておいたら、借金取りが君のところに来る。だから、その前に私が払うことにした。侯爵邸はいい場所に建っているから、あれを売れば、借金分くらいはちょうど賄《まかな》えるだろう」

だが、その侯爵邸も本当はジェラルドのものなのだ。結局、彼が父の借金をかぶって損をすることになる。

「……ごめんなさい。亡くなってまでもあなたに迷惑をかけてしまって……」

ジェラルドはまた溜息をつき、ブランデーを口にした。

「だから、君には言いたくなかった。借金は君のお父さんのせいで、君のせいなんかじゃないんだから」

「でも、身内だから……」

「その身内のお父さんは君に何をしたんだ？　君を金で売り渡したじゃないか！」

彼が声を荒らげた理由が、アリシアにはよく判らなかった。確かに父は娘を売り渡した。しかし、買ったほうの彼が、今更どうして父のことを悪く言うのだろう。もちろん、単に彼が父の借金を清算しなければならないことに対して怒っているなら判るのだが。

「私は借金のことを聞いて、腹が立って仕方なかった。借金を払う羽目《はめ》になったことじゃなくて、これほど無責任に賭け事にのめり込む侯爵のことが許せなかった。どうせ、義理の息子に払わせればいいと思っていたに違いない。つまり、娘の家庭を壊しても構わないと思っていたんだ。娘を売り渡した上に、この仕打ちはひどすぎる」

アリシアはやっと気づいた。彼はアリシアのために怒っているのだ。

彼に大事にされているという気がして、胸の中が温かくなってくる。

「父は……ずっと酒浸《さけびた》りだったから……。お酒を飲むと気が大きくなって、賭けをしたくなっていたみたい」

「そうだ。酒癖が悪かった。君には悪いが、ここで亡くなってよかったと思っている。どのみち、私はこれ以上、君のお父さんの面倒は見ていられなかっただろう。あまりにも……費用がかさみすぎていたから」

彼が援助を打ち切ったとしたら、父はどうなっていただろう。大量に酒を飲み、酩酊《めいてい》状態で銃をこめかみに当てる父の姿が頭によぎった。

「もし、私の父が息子の妻に侯爵令嬢を望まなかったら、君のお父さんはどうしていたんだろうな。侯爵令嬢なら、いくらでも買い手があったんだろうか」

「やめて。そんな話は……」

「あのとき父が援助を申し出なかったら、君のお父さんはここまで破滅の道を辿《たど》らずに済んだのかもしれない。領地に戻って、地代だけの収入で生活をすればよかったのに。貧しい暮らしをすることになっただろうが……。君もお父さんもそういう暮らしに耐えられなかったかな?」

最後の一言には、何か嫌味のようなものを感じて、思わずアリシアは反論を口にしてしまった。

「わたしは……耐えられたと思うわ。もし父にそういうつもりがあれば……」

「どうかな。お父さんは耐えられなかっただろう。君だってそうだ。君は甘やかされて育った貴族の令嬢で、貧しさなんて知らないから、そんなことを言うんだ」

アリシアはカッとなった。一瞬、アリシアは『リーサ』に戻っていた。ずっと裕福だった彼に、貧しさについて勝手なことを言われたくない。

「あなたこそ、貧しさを知らないでしょう？」

「少なくとも君よりは知っている」

彼はぴしゃりと言った。

彼が裕福でなかったことがあったのだろうか。とはいえ、孤児院での暮らしは、彼が想像もしなかったものであることは確かだ。

でも、それは言えない……。

『アリシア』は彼の言うとおり、生まれも育ちも侯爵令嬢なのだから。

「……ごめんなさい」

アリシアは謝った。彼には恩がある。直接恩を受けたのは父のほうだが、巡り巡ってアリシアが孤児院から侯爵令嬢になったのだから、恩は存在する。

それに……やはり彼に嫌われたくなかった。一瞬カッとなって言い返してしまったが、そのことで彼を不快にさせてしまったとしたら失敗だ。

アリシアは黙ってしまった彼を宥《なだ》めるように声をかけた。

「ただ……わたしは甘やかされていたわけじゃないって言いたかったの……」

「そうかな。君にはいつも世話をしてくれる使用人が傍にいただろう？　まあ、貴族の令嬢というのはそういうものだが」

突き放すように言われて、アリシアは意気消沈した。

貴族の令嬢だから、アリシアはジェラルドと結婚することになった。つまり、自分にはそれしか取《と》り柄《え》がないということだ。

その取り柄でさえ嘘なのに。

アリシアは胸の奥に痛みを感じたような気がした。

彼は今も自分を侯爵令嬢としてしか見ていないのだろうか。彼の妻として、少しは愛情を感じることもあったのではないか。

無謀なことと思いながらも、震える声で訊《き》いてみずにはいられなかった。

「もし……わたしが侯爵令嬢でなかったとしたら……結婚なんてあり得なかった？」

彼はその質問に驚いたように目を見開いた。一瞬、手を伸ばしてアリシアに触れようとしたが、すぐに視線を逸《そ》らして素っ気ない返事をする。

「当たり前だ。侯爵令嬢でなければ、君にはなんの価値もない」

価値がない……。

そこまで言われてしまって、彼を愛しているアリシアは傷ついてしまった。

ただ悲しくてたまらない。彼がアリシアと、侯爵令嬢だから結婚したということは充分判っているのに、違うものを求めてしまった。優しくしてくれるからといって、それは愛しているという証拠ではない。彼は使用人にも優しいが、だからといって、使用人全員を愛しているわけではないのだ。

「アリシア……」

彼は何か言いたげに口を開いたものの、次の言葉が出てこない。

アリシアのほうが我慢できずに立ち上がった。なんとか笑顔をつくって彼に告げる。

「わたし、そろそろ寝室に引き上げるわね」

「アリシア！」

立ち去ろうと背中を向けた途端、彼が腕を摑《つか》んできた。振り向いたものの、目から涙が零《こぼ》れ落《お》ちていく。彼は目を見開いて、それを凝視していた。

「……ごめんなさい」

アリシアは摑まれていないほうの手で涙を拭《ふ》こうとした。しかし、その前に彼の腕の中に引き寄せられて、唇を塞《ふさ》がれていた。

熱く燃えるような口づけをされて、アリシアはたちまち理性を奪われていった。

こうして彼の腕の中にいることが好き。抱き締められると、愛されているという幻想に浸っていられる。

そう。今だけは……。

彼がわたしのものだという気がしてくる。

たとえそれが現実でないのだとしても。

舌がからめとられると、身体《からだ》が熱くなってくる。このまま彼のなすがままでいたい。彼の言うことを聞いて、嫌われないように……。

アリシアは懸命に彼のキスに応えた。

ふと、彼が唇を離して、アリシアをじっと見つめてきた。

「君はどうしていつも謝るんだ？」

「え……」

「ひどいことを言ったのは私のほうなのに……どうして私の機嫌をとるようなことをするんだ？」

彼はアリシアの頬《ほお》をそっと撫《な》で、涙を拭きとった。

「わたしは別に……」

「そうかな。最初に会ったときは……君はもっときっぱり自分の意見を口にしていたような気がする。君は……私に買われたから奴隷にでもなった気持ちでいるのか？」

アリシアは目を伏せた。

奴隷のつもりはない。ただ、彼に嫌われたくないだけだ。

だって、愛しているから……。

彼には気に食わないことかもしれない。愛なんて彼は求めていないからだ。彼が求めているのは、侯爵令嬢だった妻とその子供なのだ。

「……君は何を隠しているんだ？」

ギクッとして、彼の腕の中で身体が震えた。

「何も隠してなんかいないわ……」

「そうだろうか。君は従順なようで、自分のことはあまり語らない。私を恐れているのか、それとも……何か隠そうとしているのか……」

アリシアはギュッと唇を引き結んで、首を振った。

もちろん本当のことを言うわけにはいかない。秘密は秘密のままにさせておいてほしい。そうすれば、すべてが丸く収まるのだ。

「何も言わないつもりなのか？」

「な、何も言うことがないんですもの……」

「それなら、君は私を暴君みたいに恐れているだけなのか？　奴隷みたいに扱われてもいる。

いと思っているのか？」

彼はアリシアの腕を摑み、ソファに連れ戻した。そして、身体を上から押さえつけてくる。

「やめて……」

弱々しい声で訴えても、彼は聞いてくれない。耳に入らないのではなく、これはきっとわざと暴君のように振る舞っているだけのようだ。

「お願い」

「君は私の言いなりなんだろう？　私がここで君を抱くと言っても、抵抗しないはずだ」

「そんな……！」

彼はわたしを試そうとしているの？

アリシアはソファに押しつけられるようにして、再び唇を奪われた。激しい口づけで、アリシアは圧倒される。

言いなりになるというより、単に抵抗できない。キスによって身体中が痺《しび》れてくるような気がしていた。キスが深くなるにつれ、彼が言っていたこともどうでもよくなってくる。試されているなら、それでもいい。ただ、アリシアは彼が欲しくてたまらなくなっていた。

アリシアはいつしか彼にベッドで抱かれているような気分になっていた。いつものように裸で、肌と肌を合わせたい。彼の温《ぬく》もりをそのまま感じたい。

欲望が込み上げてきて、いつしかアリシアは彼に貫かれることばかり考えていた。

彼の手がアリシアのドレスの上を滑っていく。

ああ、もっと触って……。

直接触れてほしい。こんな布の上からでは物足りない。

アリシアは腰を蠢《うごめ》かせた。すると、彼の手が腰に触れてくる。ペチコートを重ねていて、下着も身に着けている。直接触れられるのとはまるで違うから、もうすべて脱がせてほしいと思った。

そう。いつものように。

でも、ここは寝室ではないし、ベッドでもないんだわ。

頭の中には霞《かすみ》のようなものがかかっていて、よく働かない。だが、ここが書斎でソファの上だということを思い出した。

「お願い……。寝室に……」

「いや、このままでいい」

彼はやけに冷めた声で言った。

「このままで？　でも……」

「私は自分がしたいようにする。止めたければ止めればいい」

触れる。

彼はドレスの裾《すそ》をまくり上げた。ペチコートの裾も一緒に。そして、ドロワーズに手を触れる。

「えっ……」

「あ、あの……えっ……」

彼は手探りでドロワーズの紐《ひも》を解いて、それを足首から抜いていく。アリシアはドレスを着ているのに、何も身に着けていないようなおかしな感覚に陥り、戸惑いを覚えた。

不意に、彼にぐいと肩を押された。ソファに顔を伏せるような状態になったかと思うと、ドレスとペチコートを腰までまくり上げられた。下半身が丸出しになり、アリシアは慌てて起き上がろうとした。だが、彼に上からのしかかられて、身動きができなくなる。

「やめてっ……あぁっ」

後ろから秘部を撫でられて、身を震わせる。そこは彼のキスに酔いしれたせいで、すっかり潤っていた。指をゆっくり挿入されると、もう彼に抵抗する気力もなくなってくる。

こんな格好は恥ずかしい。けれども、彼にはすべてをすでに晒《さら》している。今更、隠したところでなんになるだろう。いや、そんなことより、今は快感に夢中になってしまっていて、他のことまで気が回らなくなっているのだ。

「君は……なんて従順なんだろう。本当はどう思っているんだ？」

「な、何が……？」

「私の言うことをなんでも聞いているのは、君が私に買われたと思っているせいなのか？」

アリシアは答えなかった。快感に喘《あえ》ぎながらも、彼の質問には答えなかった。

『あなたに嫌われたくないからよ』

そう答えたら、彼はどんなふうに思うだろうか。アリシアが彼を愛していることを見抜くだろうか。それとも……。

アリシアは彼には何も知られたくなかった。愛していることも知られたくない。彼に憐《あわ》れまれたくないからだ。

いくら愛しても、愛されない妻。

それがわたし。

もし秘密が知られたら、すぐにでも追い出される妻なのだ。

アリシアはそれが怖くてならなかった。

彼の指で愛撫《あいぶ》され、アリシアは快感に翻弄《ほんろう》されていく。指が根元まで挿入されるたびに、もっと奥まで入ってきてほしいと願ってしまう。指よりも彼自身を望んでしまう。

もっと……もっと。

アリシアは貪欲《どんよく》な想いに取りつかれたように腰を振った。ここが書斎だということは頭の隅に意識がある。これ以上、喘ぎ声が出ないように必死で手で押さえていたが、次第にそれができなくなってくる。

「ああ……お願い……ジェラルド！」

すると、秘部から指が引き抜かれていった。

衣擦《きぬず》れの音がする。そうして、アリシアは後ろから貫かれた。

「あぁ……んんん……っ」

懸命に口を引き結ぶ。ここは寝室ではないのだから、声が洩《も》れないようにしなくては。

そう思いつつも、押し殺した喘ぎが部屋に響いていた。

彼がアリシアの内部を行き来していく。内壁が擦られて、そのたびにアリシアはソファの座面をかきむしらんばかりに悶《もだ》えていた。

身体の中に嵐《あらし》が吹き荒れている。声を我慢しなければいけないと思えば思うほど、快感は大きくふくらんでくる。

やがて、全身が熱くなり、もうどうしようもなくなってきた。

身体をくねらせると、彼がアリシアの奥深くまで入ってきた。ぐっと押しつけられた途端、熱が噴き上げていく。

「あぁぁ……っ！」

目も眩《くら》むような快感に貫かれ、アリシアはしばし呆然としていた。彼もアリシアの腰を抱いたまま、身体をもたせかけてくる。

気持ちよかった。それは事実だった。

でも……。

今、たとえようもない虚《むな》しさが漂っていた。

いつもは寝室のベッドで抱かれていた。彼はいつも優しく、二人は肌と肌を合わせて、至福の時を共に過ごした。

少なくとも、アリシアの側からは、あれは愛の行為だった。

しかし、今の行為はなんなのだろう。欲望を満たしただけのものだった気がする。その証拠に、彼は寝室でもベッドでもなく、こんな書斎のソファでアリシアを抱いた。しかも二人は服さえも脱がずに、下半身だけで交わった。

アリシアは自分がとても汚らしい存在になった気がしていた。

彼に少しでも優しさが感じられたなら、こんな場所で同じように抱かれても、これほど惨めな気持ちにはならなかったに違いない。

やがて、彼は身体を離した。

アリシアは涙を堪《こら》えてドロワーズを手早く身に着ける。指がもつれて、紐が上手く結べなかったが、もうどうでもいい。ペチコートとドレスの裾を直して、すぐに立ち上がった。

「アリシア……」

ジェラルドは後ろからアリシアの肩に手をかけた。肩がビクンと震える。

「その……悪かった」

彼は謝ってくれた。つまり、彼もいつもと違った乱暴な行為だと認めたということだろう。

「何か言ってくれ、アリシア……」

無理やり後ろを向かされて、堪えていた涙が零れ落ちていく。彼ははっとしたように涙を見つめ、それから肩から手を離した。

アリシアはドレスの裾を翻《ひるがえ》して、書斎から走り出た。階段を上り、自分の部屋に駆け込み、ベッドに身を投げる。

涙が止まらない。

アリシアは声を上げて泣き出した。

第五章　本当のわたしを愛して

　翌日もジェラルドは後悔していた。

　もちろん、昨夜のことだ。まるで娼婦《しょうふ》か何かのようにアリシアを扱うつもりはなかった。ただ、彼女を試したかった。

　彼女の気持ちを知りたかったのだ。そして、彼女が胸に秘めていることすべてを、どうしても知りたかった。

　アリシアは本当に自分の本心をなかなか口にしない。どうでもいいことは話すが、過去のことには口を閉ざすことが多かった。何より不思議なのは、彼女がジェラルドに対して妙に従順なところだった。

　ともあれ、昨夜は自分も言い過ぎた。彼女のことを深く知りたいという気持ちが焦《あせ》りになってしまい、ああいう行動を取ることになったのだと思う。後で彼女の部屋に行ったのだが、泣いたままベッドで眠っていた。

　ジェラルドにできるのは、彼女が寝苦しくないようにそっとドレスを脱がせ、コルセットを外してやることだけだった。彼女はその間まったく目を覚まさなかった。よく考えれば、父親の葬儀が終わったばかりだったのだ。かなり疲れていたのだろうし、何より悲しみもあったに違いない。

ジェラルドは罪悪感に苛《さいな》まれながら、一人で眠りについた。彼女を胸に抱いて眠りたいという気持ちはあったが、その資格がないような気がしたのだ。

朝になったが、アリシアは起きてこなかった。ジェラルドは朝から会社に行かなくてはならず、仕方なく彼女と顔を合わせることなく屋敷《やしき》を出る羽目《はめ》になった。しかし、仕事をしている間中、どうにも彼女の泣き顔が脳裏《のうり》に浮かんで離れなかった。

そんなわけで、仕事を早めに切り上げて、ジェラルドは屋敷に戻ったのだった。

「アリシアは……どこにいる？」

帰るなり、ジェラルドは執事に尋ねた。

「奥様はお出かけです」

「……どこに行ったんだ？　友達のところか？」

社交シーズンはそろそろ終わりだ。上流階級の連中はそれぞれ領地に戻っていく頃で、彼女の知り合いももうロンドンにいないのではないだろうか。

かといって、アリシアは一人で買い物を楽しむような性格ではない。彼女の口座に小遣いを振り込んでいるものの、それがどうなっているのか、ジェラルドはまったく知らなかった。

執事は何故《なぜ》だか困った顔で考え込んでいる。

「彼女の行き先を知っているんだろう?」

「……はい。奥様は行き先をおっしゃらないのですが、私は何かあったときのために御者にこっそり訊《き》きました」

ジェラルドは眉《まゆ》をひそめた。彼女は行き先を秘密にしていたのだろうか。

「どこだ?」

「ベイリー孤児院というところらしいです。奥様は度々、そこの子供達のためにおもちゃや食べ物を買い、慰問に訪れているのです」

「孤児院……?」

あまりにも意外な行き先だった。

結婚前にはそういった慰問をしてはいなかったはずだ。何故なら独身のときの彼女は自由になる小遣いなど持っていなかったからだ。彼女は自分が与えた小遣いで、孤児院の子供達のために買い物をしていたのだ。

だが、どうしてそんな孤児院に何度も慰問に行くのだろう。孤児院はロンドンにいくつもある。たまたま、そこがアリシアの知っているところだったのだろうか。

彼女は慰問について、執事にも黙っていた。もちろんジェラルドにも一言も洩《も》らさなかった。

一体どうしてなんだ？　どうして秘密にする必要がある？

ジェラルドはアリシアのことがいよいよ理解できなくなっていた。

彼女は甘やかされてはいないと言っていた。確かに彼女の言動にはそういったところが見られない。それにしても、孤児院の子供達に優しさを寄せるような人間だとは、ジェラルドはまったく知らなかった。

彼女は貧しさについて恐らく知っていたのだ。だから、昨夜、ジェラルドに責められたとき、つい反論してしまったに違いない。

くそっ。彼女の秘密はなんなんだ！

どうしても知りたい。知りたくてたまらない。

結婚して夫婦となったのに、夫に秘密を持ち、本当の自分を隠そうとする。そんなアリシアのすべてを知りたかった。

ジェラルドが書斎にいると、やがてアリシアが乗った馬車が戻ってきた音が聞こえてくる。すぐに書斎から出て、彼女が玄関から入ってくるのを待ち構えた。

アリシアは執事の他にジェラルドがいることに気づき、顔を強張《こわば》らせる。

「ずいぶん……早く帰っていたのね」

ぎこちない態度だが、無理して笑顔を見せてくれた。

「ああ。今日は早く仕事が終わったんだ。君はどこに出かけていたんだ？」

「え……と、買い物よ」

後ろめたそうな顔をしているところを見ると、アリシアは嘘《うそ》をついている。だが、どうして孤児院の慰問を隠さねばならないのだろうか。

「買ったものは？」

アリシアはぱっと顔を赤らめた。

「か、買わなかったの。結局。ちょうど買いたいものがなくて！」

こんなに判《わか》りやすい嘘をつくのは、彼女が正直者だという証拠だ。とはいえ、これ以上、彼女を追及すれば、昨夜みたいなことになりかねない。

もう、私は彼女の涙は見たくないんだ。

ジェラルドは彼女に優しく笑いかけた。

「そうか。私は入れ替わりで少し出かけてくるから、その間に買い物の疲れを癒《い》やしておくといい」

「えっ……ええ。あの……行ってらっしゃい」

小さな声で挨拶《あいさつ》をする彼女をつい抱き締めたくなったが、我慢しておく。今から自分がすることは、彼女に知られたら嫌われるかもしれないことだ。

だが、仕方がない。彼女に訊いても埒《らち》が明かないなら、調べてみるしかないのだ。

ジェラルドは外に出て、厩舎《きゅうしゃ》に向かい、アリシアを乗せてきた馬車の御者に声をかけた。

「すまないが、もう一走りしてもらえないか？」

「へい。どこへお出かけになるんで？」

「ベイリー孤児院……妻が出かけた場所だ」

ジェラルドはアリシアの秘密を探るつもりだった。

何か隠しているのなら真実を知らなくては。そうしなければ、二人は本物の夫婦になれない。

ジェラルドは二人の結婚生活のためにそうするつもりだった。


ここがベイリー孤児院か……。

ジェラルドは古い崩れそうな建物を見て、心が怯《ひる》むのを感じた。

ここは、あまり治安のよくない場所だ。貧しい者ばかりが住むところで、ジェラルドも子供の頃、こういったところに住んでいたことを思い出したのだ。

アリシアがこんな危険な場所に出入りしていたなんて……。

もし知っていたら、絶対にやめさせていた。よりによって、どうしてこんな潰《つぶ》れそうな孤児院に肩入れしているのだろう。

建物を取り囲むようにぐるりと高い塀があり、錆《さ》びた門扉がついている。子供が脱走しないように、こんな高い塀を造っているのだろうか。まるで監獄のようだった。

しかし、門扉に手をかけると、簡単に開いた。建物の中からは子供の泣き声が聞こえてくる。甲高い声とそれを注意する大人の女性の声も。小さな庭で遊んでいる子供達もいるが、彼らはジェラルドを物珍しそうに見ている。

子供達はあまり清潔そうには見えなかったが、まともな衣類を身に着けている。

「やあ。院長先生はいるかい？」

一人の子供が黙って指を差した。建物の中ということらしい。ジェラルドはそちらを向くと、ちょうど扉が開いて、一人の中年の女性が出てきた。

「あら……。何か御用でしょうか？」

女性は警戒した表情で尋ねてくる。ジェラルドは仕事用の笑顔を見せて、懐柔《かいじゅう》しようとした。

「いえ、少しばかり子供達のために寄付をしようかと思いましてね。こちらの孤児院について、伺いたいことがあるのですが」

「まあ！　寄付ですか。どうぞこちらへ。わたしはここの院長のミリアム・ソーントンです」

院長は嬉《うれ》しそうな顔になり、ジェラルドと握手をして、建物の中に通した。建物は孤児院のために造られたというより、元からあった屋敷を孤児院に改装したもののようだ。しかし、充分な手入れがされていないので、かなり傷《いた》んでいた。

廊下を通りながら、院長が孤児院について説明してくる。どうやら話し好きの女性のようだ。

「それにしても、立派な紳士の方に寄付していただけるなんて、本当にありがたいことですわ。この地域の孤児院をわざわざ気にかけてくれるのは、今ではリーサくらいですから。……あ、リーサというのは、この孤児院にかつていた少女なんです。今はお金持ちの奥様になっているようですけど」

リーサ……？

どこかで聞いたような名前だ。

ジェラルドはアリシアが花を手向《たむ》けていた墓の主の名を思い出した。だが、あれは別人だろう。あの『リーサ』は墓石の下にいるからだ。しかも、墓石に刻まれていた亡くなった日付はもう十年も昔だった。

「孤児院にいた少女がどうして裕福な夫人に？　美しい方なんでしょうね？」

「ええ。とても美しいですわ。顔立ちも美しい上に、金髪に緑の瞳《ひとみ》の持ち主なんて、そうはいませんし」

「金髪に緑の瞳……？」

アリシアもそうだ。

ジェラルドは不吉な予感にとらわれて、拳《こぶし》に力を入れた。

「綺麗《きれい》だから養女にもらわれていったんでしょうね。それから彼女の行方《ゆくえ》は判りませんでしたが、最近になってお金持ちの奥様になったんでしょう。突然現れて……別人のふりをしていましたが、わたしには判りました。彼女がリーサだということは」

ジェラルドは頭が痺《しび》れてくるような気がした。

リーサは金髪で緑の瞳をした美しい孤児の少女で、養女にもらわれた。そして、今は裕福な夫人という別人のふりをして、突然、孤児院に現れたのだという。『リーサ』はアリシアが病気で静養していた別荘の近くに埋葬されていて、今や裕福な夫人となったアリシアはこの孤児院に援助している。

『この孤児院を気にかけてくれるのはリーサくらい……』

そこから導き出される結論はたったひとつだ。

リーサはアリシアである、と。

いや、そんなはずはない。アリシアは侯爵令嬢だ。この女性はリーサとアリシアを勘違いしているだけだ。

そうだ。ずっと昔、ジェラルドは少女だったアリシアに会ったことがある。

だが、思い出そうとしても、その少女の顔は思い出せない。金髪と緑の瞳のことしか頭に残っていなかった。

アリシアは自分のことは語らず、ずっと何かを隠しているようだった。『リーサ』の墓に花を手向けていたあのとき、悲しげな表情をしていたことを思い出す。

『とても親しい人だったわ』

彼女は囁《ささや》くような声でそう言い、遠くを見ていた。

アリシアとリーサが入れ替わっていたということはあり得るのだろうか。彼女は侯爵邸の使用人のことをとても心配していた。ウェイド夫妻を両親のような人だとも言っていた。

『もし……わたしが侯爵令嬢でなかったとしたら……結婚なんかあり得なかった？』

彼女の問いに、ジェラルドは冷たく答えた。

『侯爵令嬢でなければ、君にはなんの価値もない』

もし、彼女がリーサならば、あのとき泣いたのも当たり前だ。

しかし、彼女がずっと嘘をつき続けていたのなら、ジェラルドはそれを許すことはできないと思った。

もう死んでしまった侯爵のことも。

彼は『侯爵令嬢』をジェラルドの妻にするという約束で、多額の援助を手にしていたのだ。それで賭《か》け事《ごと》をして身を持ち崩し、酒におぼれた。

　信じていたことがすべて嘘だったなんて……。

　そんな馬鹿《ばか》な！

　ジェラルドは身体《からだ》が震えだしそうになっていた。

「その……リーサという方はどうして本名を隠しているんでしょうか？」

「惨めだった過去のことは忘れたいのかもしれません。養女になったときに名前を変えているようですし」

　院長は廊下の突き当たりの扉を開いて、ジェラルドを招き入れる。扉には『院長室』という札がかかっていて、応接のための古ぼけたソファがある。小さな机もあり、その上にはたくさんの書類が山積みになっていた。

　二人は向かい合ってソファに腰かけた。

「そういえば、お名前は？」

「……ラングトンです」

　院長の顔が一瞬固まったように見えた。そして、用心深い表情になり、口を閉じる。

ジェラルドはそれを見た途端、彼女が言う『リーサ』がアリシアのことだと判ってしまった。

「ミスター・ラングトン……ですか……」

「妻はアリシア・ラングトンです。あなたはアリシアがリーサという孤児の少女だと思っているようですが、それは確かでしょうか？」

院長は気まずそうに視線を逸《そ》らした。

「それは……わたしの勘違いかもしれません。その……ただ、金髪で緑の瞳の持ち主でとても綺麗だということを除けば、共通点はありませんもの」

そう言いつつ、そわそわと両手を揉《も》むような動きをしている。

「アリシアは過去のことを話してくれません。だが、どうしても私は彼女のことを知りたいんです。どうか本当のことを教えてください」

院長ははっとしたように顔を上げ、ジェラルドを値踏みするようにじっと顔を見つめてきた。

「あなたは彼女を心から愛しているんですね？　彼女がかつて孤児院にいた汚い身なりの少女だったとしても」

ジェラルドの脳裏に、汚い身なりの少女だった頃のアリシアが浮かんだ。そういうアリシアを見たことがあるわけではない。しかし、何故だか想像できてしまった。

そして、そのとき、ジェラルドの心に浮かんだのは嫌悪感ではなかった。騙《だま》されたという怒りでもない。

たとえようもない熱い想《おも》いだった。

今までもジェラルドは彼女を愛していると思っていた。だが、今はそれ以上に彼女に深い愛情を抱いている。

ジェラルドは院長の目を見据えるようにして告白した。

「はい。たとえ彼女がどんな身の上だったとしても……愛しています」

院長はほっとしたように微笑《ほほえ》み、当時の孤児院の状況を語り始めた。

「わたしはあのとき、子供達の世話を引き受けていただけの職員の一人でした。ですが、当時の院長は寄付金を募《つの》りながら私腹を肥やすのに熱心で、本心から孤児の面倒を見たいとは思っていませんでした。身分の高い客が来るときだけ、隅から隅まで掃除をさせられました。そして、いつもは着の身着のままの子供達にこざっぱりした服を着せて、病気の子供達を地下室に隠していました。衛生的にもひどい有《あ》り様《さま》でしたが、何よりひどいのは碌《ろく》に食べ物がなかったことでした」

そんな環境に、アリシアはいたのだ。そう思うと、ジェラルドの心は痛んだ。

「両親を病気で亡くしてここに入れられた幼いリーサも……どんどん痩《や》せ細《ほそ》っていきました。でも、あの子はとても綺麗だった。だから、幸運にも一年ほどで養女にもらわれていったんです」

「養女にしたのはどういう人間かご存じですか？」

「当時の記録がまだ残っていると思います」

院長は立ち上がり、机の脇《わき》にあるキャビネットを開いた。そこにはたくさんの書類が整理されて収められている。院長は少し探しただけでそれを見つけ出して、ジェラルドに見せた。

「これです。リーサ・ケリー。リーサが養女に行った先は……ジョージ・ウェイド。確か……奥様がいて、お子様がいらっしゃらないとかで……」

つまり、ウェイド夫妻は最初からアリシアが本物でないことを知っていたのだ。黒幕はもちろん侯爵なのだろう。なんらかの理由で、本当のアリシアは亡くなってしまったから、その代わりを探していたのだ。

もしくは……死にそうな『アリシア』の代わりを探していたのか。

目的は父からの援助だ。娘がいなくては、結婚させるという約束を果たせない。そのために、孤児院で髪と瞳の色が同じで、年恰好《としかっこう》が似ている少女を身代わりとして育てたのだ。

「今は養子に欲しいという方の身元を確かめますが、あの頃は経営がずさんでしたから、子供を欲しがっている相手にはなんの審査もなく連れていかせていました。そんなふうに連れていかれた子供達が、全員幸せになれたのならいいのですが」

それは誰にも判らない。単に安い労働力として連れていかれたかもしれない。

『リーサ』は幸せなほうだっただろう。侯爵令嬢として育てられた。少なくとも、飢えることはなかったし、教育も受けられ、一見してレディに見えるようになっていた。

けれども、心の中はどうだっただろう。

本物ではないという後ろめたさにずっと縛られていたのではないだろうか。彼女は誰に対しても優しくて、まっすぐな心の持ち主だ。

そう思うと、度々、彼女が見せた表情に納得がいく。

彼女はいつも罪悪感を抱えていた。ジェラルドを騙していることを、誰よりよく理解していたからだ。

だから、彼女はいつも自分の言うことを従順に聞いていたのだろうか。無理なことを言っても、彼女は必ず従った。

罪を償《つぐな》うために……？

アリシアの緑の瞳に涙が浮かぶのを思い出して、胸が締めつけられるような気がした。

私が彼女に欲しているのは償いなどではない。

従順などでなくてもいい。時には生意気なことを言って、逆らってもいい。

ただ、愛してもらいたい……。

彼女が微笑みかけてくる理由が愛であってほしかった。

院長は話を続けていた。

「リーサは最近あなたと結婚したんですね。突然、裕福な奥様として現れて、孤児院を支援したいと言ってきました。惨めなときを忘れたいと思っていても、自分と同じ境遇の子供達のことは忘れていなかった。彼女は美しい容姿と釣り合うような、本当に心優しき素晴らしい女性に成長しました」

ジェラルドは彼女の話に大きく頷《うなず》いた。

心優しき素晴らしい女性……。

それが自分の妻なのだ。侯爵令嬢が妻だというより、それはずっと誇らしいことだった。

ジェラルドは寄付として多額の小切手を切って、これからもベイリー孤児院へ支援することを約束した。

早く屋敷に帰りたい。

アリシアの顔を見たい。

そして……何より彼女の話を聞きたかった。

アリシアは夕食の時間になるまで自分の部屋に閉じこもっていた。昨夜のことがあり、なるべくジェラルドと顔を合わせないように避けていたのだ。

孤児院から帰ったとき、ちょうど鉢合わせをして驚いたが、彼はそのまま出かけてしまった。ひょっとしたら、彼のほうもアリシアとあまり顔を合わせたくないのかもしれない。

彼が優しくしてくれるから、ほんの少しは彼にも愛情があるのだと勘違いしてしまっていた。改めて、侯爵令嬢でなければ、彼にとって価値がないのだと知って、落ち込むことしかできなかった。

だって、本当は貴族の娘なんかじゃないんだもの……。

生まれも育ちも自分では変えられない。努力して、侯爵令嬢のように振る舞えるようになったものの、それは表面的なことに過ぎない。アリシアの心はまだ孤児院にいたときのことをよく覚えているし、それ以前の貧しい暮らしのことも覚えている。それを忘れることはできなかった。

忘れてしまえるものなら、忘れてしまいたかったが。本心から自分がレディ・アリシアだと思えたら、どんなによかっただろう。

そうすれば、罪悪感など抱かずにいられたのに。

もちろんジェラルドに嘘をついているという後ろめたさも感じずに済んだのだ。

しかし、現実は違う。彼に本当のことを知られないように、一生、嘘をつき続けるしかない。そうしなければ、彼に憎まれ、疎《うと》まれて、ここを追い出されてしまう。

彼から離れたら生きていけない。いや、実際は生きていけるかもしれないが、心が張り裂けてしまう。そんな状態で生活はできても、生きているとは言えないのではないだろうか。

　そんなことをぐるぐると考えていたが、やがて日が落ち、夜になった。

　ジェラルドはとっくの昔に帰ってきている。つまり、夕食を共にしなければならないということだ。

　気が進まないながらも、このままずっと彼を避け続けるわけにはいかない。昨夜のことはショックだったが、なんとか平気なふりをしなければ。

　アリシアはメアリーを呼び、ドレスを着替えた。そして、夕食の時間ぴったりに階段を下りていく。居間にはジェラルドがいて、暗い窓をじっと見つめていたが、アリシアの気配に気づいて振り向いた。

「アリシア……」

　ジェラルドも正装に着替えていて、いつもながらドキドキしてくる。彼は本当に格好よくて素敵なのだ。単に容姿がいいというだけではない。こちらの心を射貫くような独特の眼差《まなざ》しや堂々とした態度に惹《ひ》かれてしまう。

「いつもどおり美しいな」

　アリシアは褒められて頬《ほお》が熱くなるのを感じた。

　彼は柔らかい笑みを浮かべている。昨夜とはずいぶん違う。

ううん。いつもと違う人みたいな表情だわ。

昨夜のことを思い出すと、どうして彼がこれほどまでに心が晴れたような顔をしているのか判らない。

当惑していると、彼が近づいてきた。

彼はアリシアの手を取り、自分の両手で包んだ。アリシアはドキッとして、彼の目を見つめる。彼の大きな手に包まれていると、自分の手がとても温かく感じた。同時に、彼の目に優しさを感じる。

やはり昨夜とは何かが違う。彼に心境の変化があったとしか思えない。

でも、どんな心境の変化なの？

アリシアは彼の顔を探るように見つめた。

「あの……どうかしたの？」

「どうかしたって？　私がどうしたと思っているんだ？」

「な、なんだか変よ……。いつものあなたと違うみたい」

彼はふっと笑った。

「そうだな。いつもと違う。だが、そのことは後で話そう」

「え、でも……」

そのとき、食事の用意ができたという知らせが執事によってもたらされた。二人は一緒に食堂に移動し、食事を始めた。

後で話そうって……一体何を？

なんだか落ち着かないが、ジェラルドのほうはいつも以上に魅力的だ。アリシアが好きな植物や動物の話題を出して、こちらを楽しませてくれた。そのうち、アリシアも少し警戒を解いていく。

「ところで……。アリシア、君の夢はなんだ？」

突然そんな話題を振られて、アリシアは戸惑った。

わたしの夢って何かしら。考えたこともなかった。

頭の中に広がるのは、広い庭に小さな子供達がたくさん遊んでいて、ジェラルドがすぐ傍《そば》にいる光景だった。

「穏やかな家庭をつくることかしら。みんなが笑い合っている幸せな家庭よ」

ジェラルドは一瞬切なげな眼差しを向けてきた。アリシアが見間違いかと思うくらい、すぐにそれは消えていて、彼は優しい笑みを見せる。

「その夢は叶《かな》うはずだ」

「そうね……」

ただ、アリシアは心にいつも後ろめたさを抱えていなくてはならない。だが、理想の家庭を手に入れられるなら、どんなものでも犠牲にしよう。

彼と子供達……。わたしが欲しいのはそれだけ。

「あなたの夢はなんなの？」

「昔は……成功することだけが夢だった。父が興《おこ》した事業を更に拡大して、金の力でこの国に君臨するくらいの力を持つことだった」

なんて不遜《ふそん》な夢だろう。だが、初めて会ったときの彼は確かにそんな夢を持っていそうな感じだった。

「でも、いつしかそれは別の夢にすり替わっていた。もちろん裕福な暮らしがしたいとは思っている。けれども、それは自分一人のためじゃない。父親として、一家の主《あるじ》として家族の生活を守りたい。そのためには金が必要だろう？」

「ええ。もちろん！」

アリシアは思わず力を込めて同意していた。

貧しいと惨めになる。そのことはよく知っている。お金の力というものを侮《あなど》るつもりはなかった。

たとえば、重篤《じゅうとく》な病気になっても医者も呼べず、薬も買えなかったら死を待つだけだ。家族だけではない。周りの人に力を貸せるのも、お金があればこそだ。何もなければ、誰かに援助したくてもできないのだ。

「私の夢は……結局、君の夢と同じなのかもしれない」

二人の目が合い、アリシアはドキドキしてくる。

本当に同じ夢を描いているのなら嬉しい。

もし二人がそんな幸せで穏やかな暮らしを共にしていくのだとしたら、罪悪感は心の奥底に仕舞《しま》っておいてもいい。どのみち、一生、その罪悪感とは付き合っていかなくてはならないのだから。

そうよ。わたしは幸せになりたいから。

ずっとこのまま『アリシア』を演じて、彼の妻でいたい。たくさん子供を産み、理想の家庭を築いていきたい。

やがて食事が終わった。

「話は……寝室でしよう。書斎での話し合いはあんなことになったから」

昨夜のことを言っているのだ。アリシアは一瞬、身体を強張らせたが、彼が優しく手を差し伸べてきたので、ふっと緊張が解ける。

今日の彼はいつもと違う。何か深いところで、彼は変わったという気がする。

だとしたら、わたし達の関係も変わっていくのかもしれないわ。

そう。もっと強い絆《きずな》のようなものに。

アリシアはドキドキしながら、彼の腕に自分の手をかけて寝室に向かった。昨夜、寝室に向かったときは、ひどく悲しかった。けれども、今は違う。彼が優しく微笑みかけてくれるだけで、アリシアの世界は変わるのだ。

　主寝室のソファに、二人は並んで腰かけた。が、彼はアリシアから少し距離を置いて、斜めに座り、こちらを向いている。場所は寝室であっても、これから大事な話をするという態度だ。

　しかし、昨夜みたいに別々に座るよりはましかもしれない。一応、隣に座れば、昨夜よりは親密な雰囲気になるからだ。

　彼はじっとアリシアを見つめている。アリシアは妙にそれを意識してしまい、咳払《せきばら》いをした。

「えーと、それで……今日は何かあったの？」

　不意に彼は視線を逸らした。それだけでなく、眉をひそめている。

　一体、どうしたの？

　今まで優しく微笑みかけてくれていたのに、どうして急に変わったの？

　アリシアは彼のそんな表情を見て、不安にかられた。

「ああ。私はそのことで君に謝らなくてはならない」

「えっ？　謝るって……何かしら」

　彼は再びアリシアをまっすぐ見つめてきた。今度はとても真剣な眼差しをしている。

「実は……君が今日行った場所に……私も行ってみたんだ」

そのとき、時間が止まった気がした。

アリシアはすぐには反応できなかった。彼の言葉は耳に届いていたが、理解したくなかった。だが、すぐにそれは頭の中に染み込んでくる。

ジェラルドがベイリー孤児院に行った……？

アリシアは震える唇をなんとか開いた。

「ど……どうして……？」

「君のことが知りたかった。君が隠していることがどうしても知りたかったんだ」

「そんな……。な、なんの権利があって、そんなことを……！」

彼の目がきらりと光ったような気がした。

「権利はあるだろう？　君は私の妻だ」

それも、買われた妻だ。アリシアは彼にそう指摘されたように思い、怯んでしまった。

「……わたしは時々、慰問しているの……」

「ああ、聞いた。院長と話をしたよ」

「そう……」

孤児院を慰問することは悪いことではない。だから、自分の正体なんて判るはずがない。

そう思いつつも、胸の鼓動は激しく鳴っていた。

「院長は……とてもおしゃべりだった。そして、記憶力がとてもいい」

「どういうこと……？」

「十年前に孤児院から養女にもらわれていった少女のことを覚えていた」

まさか……！

アリシアは、今は院長となった女性の顔を思い出していた。

「その少女は今は違う名前で、裕福な夫を持っていると。彼女だけが孤児院のことを気にかけてくれると言っていた」

もはや彼の顔を見ていられない。アリシアはうつむき、膝《ひざ》の上で拳をギュッと握り込んだ。

「アリシア……。それが誰だか君は知っているね？」

彼はもう何もかも知っている。ごまかしても無駄だろう。

もう……わたしはここにはいられない！

何よりもそれがつらかった。裕福な暮らしなどよりも、ジェラルドと別れなければならないのがつらい。

だが、最初から判っていた。正体がばれたら、もうおしまいになるのだと。

「もう……いいわ。それ以上、話さないで」

「リーサ・ケリー。それが君の本当の名前だ」

アリシアは両手で顔を覆った。

泣いているわけではない。とてもショックを受けているのに、何故だか涙は出なかった。ただ、彼の顔をもう見られなくて、顔を伏せたのだ。

わたしはずっと彼を騙してきたから……。

アリシアは顔を隠したままか細い声で許しを求めた。

「ごめんなさい……。ずっと騙していて……ごめんなさい」

謝ったところで、どうにかなるものではない。アリシアは彼と結婚してしまった。彼が妻にしたのは、本当は侯爵令嬢ではなく孤児の娘だった。

「本当の侯爵令嬢は病気で命が燃え尽きかけていた。だから……わたしは孤児院からその身代わりになるように別荘に連れていかれたの」

「本物のアリシアはあそこで亡くなったのか？　あの部屋で？」

「そうよ……。わたしは彼女の遺体が運ばれていくのを見て、後をついていった。彼女は村の墓地の片隅に葬《ほうむ》られたの。リーサ・ケリーという名で」

あのときから、アリシアは侯爵令嬢として生きることになった。

アリシアとリーサ。二人の少女の運命は入れ替わったのだ。『アリシア』はリーサとして、冷たい墓の下で眠りにつき、『リーサ』はアリシアとしてジェラルドの花嫁になるために生きることになった。

「侯爵がすべて企《たくら》んだことなんだな？　娘をそんな葬り方をしてまで、金が欲しかった」

「ええ……。彼はただあなたに差し出す娘がいれば、それが本物でなくてもいいと思っていたの」

「どうせばれるはずがないと思っていたんだろうな」

「父……いいえ、侯爵だけが悪いわけじゃないわ。わたしだって、あなたを騙していたんだから」

最初はそうしなくてはならない運命だったから。そして、そのうちに、彼の傍にいたい一心で。

「ごめんなさい。謝っても許してもらえるとは思えないけど。あなたは貴族と縁続きになるのが目的だったんだから」

「確かに私は君が侯爵令嬢でなければ、価値がないと言ってしまったが……」

「いいの。判っているの。あなたとあなたのお父さんは、そのために大金を使ったんだもの」

それなのに、本当は貧しい庶民の娘と結婚してしまったことになる。価値がないどころではない。お荷物のような相手だ。

食事をしているときに、彼と理想の家庭を築く夢を見ていた。しかし、今はもうその夢は残骸《ざんがい》しかない。

本当のことが知られた以上、わたしはここにはいられない。

アリシアは彼に慈悲を乞《こ》うことはできなかった。彼は冷たいように見えても、中身はとても優しい人だ。泣いて頼んだら、憐《あわ》れに思って、ここに置いてくれるかもしれない。しかし、彼にそんなことをさせるわけにはいかなかった。

今まで騙していたのに、図々《ずうずう》しすぎるわ。

これからどうすればいいのか判らない。もちろん侯爵家にはもう戻れない。あの屋敷もジェラルドのもので、そもそもあそこはすぐに売られてしまうのだ。

ここを出ていけば、路頭に迷うしかない。それこそベイリー孤児院で働くくらいしか道はないように思えた。しかし少し寄付したものの、相変わらずあそこはお金に困っている。自分が厄介《やっかい》になれるわけではない。

アリシアはゆっくりと顔を覆っていた両手を外した。

もう彼の顔は見られない。蔑《さげす》んだ眼差しを見たら、立ち直れそうにないからだ。

「わたし……出ていくわ」

そう言って、幽霊のように立ち上がった。

「どこに行くつもりなんだ？」

「わ、判らないけど……」

ただ、ここにはいられないことだけは判っていた。

「じゃあ、どうして出ていくんだ？」

「……あなたはわたしの顔なんか見たくないはずだからよ」

アリシアに残されたのは、毅然《きぜん》として出ていく道しかない。そうでなければ、彼の慈悲にすがるだけなのだ。

「ひとつ教えてくれ。侯爵が死んだ後も、君はどうして私に本当のことを言わなかったんだ？　ここを追い出されて、貧しい暮らしに戻るのが嫌だっただけか？」

アリシアは頷きかけたが、彼に強欲な女だと思われたまま去るのは耐えられなかった。彼の妻でいられなくても、せめて本心を知ってほしかった。

「あなたと……離れたくなかったから」

声が震えていて、今にも涙が零《こぼ》れ落《お》ちそうだった。

「どうして離れたくなかったんだ？」

「あ、あなたと……理想の家庭を築きたかったから……。愛する子供達がいて……それから……」

何より傍にいてほしかったのは、愛する夫だった。

アリシアは身体まで震えてくるのが判り、唇を嚙《か》み締《し》めた。泣く前にこの部屋を出ていきたくて、彼に背を向ける。

「子供達の隣にいるのは私だろう？」

静かな声が聞こえてきて、肩に手を置かれる。アリシアは彼によって振り向かされた。彼の温かい手が頬を包んできて、アリシアは目を上げた。

「あ……」

何も言えなくなっていた。

何故なら、目の前にあるのは、ジェラルドの優しい微笑みだったからだ。

わたしがリーサだと知っても、こんな微笑みを向けてくれるなんて……信じられない。てっきりこれは侯爵令嬢のアリシアにしか見せてくれないものだと思っていた。彼を騙したような庶民の娘には絶対に向けてはくれないものだと。

彼を見つめたまま、アリシアの目からは涙が零れ落ちていった。

「君をどこにも行かせるつもりはないよ」

「だって……わたしは……」

「君の夢は私と同じだ。子供達がたくさんいて……君もいなくては」

アリシアは涙で彼の顔が見えなくなっていた。

「わたしは侯爵令嬢なんかじゃないのに……」

「それでも、私は君と結婚してよかったと思っている。君は……私が初めて愛した女性だ」

ドキンと鼓動が高鳴る。

「愛してくれているの……？」

こんなわたしを？

彼は静かに頷いた。

「愛してるよ……」

感動と喜びで胸がいっぱいになっている。

「わたしも……あなたを愛してる」

囁くような声でそう告げると、彼の微笑みは大きくなった。

「そう言ってくれるのを待っていたんだ」

彼も囁くと、そっと唇を重ねてくる。

それは今までしたどのキスよりも、神聖に思えるキスだった。


「君は着ているものが多すぎる」

ジェラルドはアリシアのドレスを脱がせていく。その合間に、何度もキスをしてきた。唇にキスをし、露《あらわ》になった場所にもキスをしてくる。

彼が愛してくれていると知って、喜びを感じると共に、どこか信じられない気持ちもあったが、それで払拭《ふっしょく》された。彼のキスには、紛れもない愛情がこもっていたからだ。

アリシアは彼のキスに敏感に反応しながらも、なんだかくすぐったいような感じがしていた。堪《こら》えきれずにクスクス笑ってしまう。

「どうして笑うんだ？」

「よく判らないの……。嬉しくてたまらないからかもしれないわ」

自分の気持ちを正直に打ち明けると、彼も笑って、ふざけるように唇に軽いキスを繰り返した。

「いつもこんなふうでいてほしいな」

「え……どういう意味かしら」

「ありのままの君でいてほしい。私の言うことを聞かなくちゃいけないなんて思わずに……変に従順なふりなんてしなくていい。君はもっと……本当は自分の意見を持っているんじゃないか？」

彼はアリシアの顔をじっと見つめて、そう言った。

「……そうね。そうかもしれないわ。ただ、わたしは自分の意見を持っていても、相手によって本音を打ち明ける人とそうでない人を分けていたの。わたしには秘密があったから、親しくしていても、なんでも言えるわけじゃなかった……」

「だから、ウェイド夫妻は君にとって本当の両親みたいな人達だったんだな」

アリシアは頷いて、彼の胸に甘えるように身を預けた。彼もそんなアリシアを抱き締めてくれる。

「ここが……あなたの腕の中が、わたしにとって一番安らぐ場所なの」

「そんな嬉しいことを言われたら、君から離れられなくなりそうだな」

「わたしだって……離れたくない」

なんでも正直に言えることが嬉しかった。もう、なんの罪悪感も持たなくていい。どんなことでも、彼に告げられそうだった。

アリシアは彼の胸に手を当てていたが、なんとなく目についたベストのボタンを外していく。

「何をしているんだ？」

「わたしばっかり裸になるのは不公平な気がしたから」

彼はクスッと笑って、アリシアの手を取り、指先にキスをする。

「君が先だ」

「誰が決めたの？」

「私に決まっているじゃないか」

「今、あなたは従順じゃなくていいって言っ……」

唇を塞《ふさ》がれて、その続きを言えなくなる。従順すぎるのは嫌だが、寝室で主導権を握るのは自分だと決めているようだ。

なんて勝手なのだろうと思ったが、アリシアにそれほど不満はなかった。結局のところ、彼のベッドでの振る舞いは、アリシアを傷つけるものではない。それどころか、めくるめく快感を与えてくれるものだからだ。

自分の意見を口に出すのは、寝室以外にしたほうがいいみたい。

アリシアは彼のキスに応えた。舌を絡め、しっかりと彼の身体に腕を巻きつけて、離れないようにする。

キスだけで、ゾクゾクするほど感じさせてくれるのは、きっとジェラルドだけだと思う。他の誰ともキスしたことがないから、確かめようがなかったが、どのみち彼以外の男性とキスなんかしたくない。

ジェラルドだけ……。

二人は長い間熱烈なキスを交わしていた。ようやく彼は唇を離すと、アリシアの上気した頬をそっと撫《な》でた。

「早く脱いでしまおう。君の肌にもっと触れたいんだ」

「わたしも……」

「でも、まず君からだ」

どうしてもそこは譲れないらしい。彼は手早くアリシアの半分脱げかけたドレスを脱がせてしまい、それから下着も取り去った。

一糸まとわぬ姿になったアリシアを、彼は惚《ほ》れ惚《ぼ》れと見つめた。

「そんなに見なくても……」

「いや、見るよ。こんなに美しいものが私のものだなんてね」

美しいというのはアリシアの身体のことだろうか。自分ではよく判らないが、彼がそんなに賞賛してくれるなら自信が持てる。

アリシアは少し照れながらしどけなくベッドに腰かけた。

「あなたも脱いで」

彼は頷き、猛烈な勢いで脱いでいく。アリシアは彼の肌がだんだん現れてくるのをドキドキしながら見守った。

彼のことが好きだが、彼の身体も好きだ。

無駄なものは何もない。均整のとれた引き締まった体形で、完璧《かんぺき》に近い。筋肉がついていて硬いのに、しなやかで、肌がとても滑《なめ》らかなのだ。アリシアは彼を見つめながら、触れたくてウズウズしてしまっていた。

最後の一枚を取り去ると、彼はアリシアを抱き上げて、ベッドの中央に静かに下ろした。そうして、覆いかぶさるようにしてキスをしてきた。

互いに想いをぶつけ合うような熱いキスで、二人は相手の身体に手を這《は》わせていく。手足が絡み、身体が擦《こす》れ合う。気がついたときには、アリシアは彼の上に乗っていた。

彼が背中を撫でている。アリシアは彼の肩口に顔を埋《うず》め、甘えるように鼻先や唇を擦りつけた。彼のことが愛《いと》しくてたまらないから。

彼はアリシアの背中から腰にかけて撫でていく。

「腰……少し上げてくれないか？」

「えっ、どうしたらいいの？」

「こんなふうに」

彼に腰を少し持ち上げられる。

「そのままでいてほしい」

彼はアリシアのお尻《しり》を撫でて、後ろから秘部に触れてきた。

「あ……っ」

「気持ちいい？」

脚を広げているから、指が容易に秘裂の中に潜《もぐ》り込《こ》んでくる。

すでにそこは潤んでいて、指をすぐに受け入れてしまう。内壁を擦られ、アリシアは思わず身体を揺らした。すると、自分の柔らかい乳房が彼の硬い胸板を擦っていく。たちまち胸の先端が敏感になっていって、アリシアは喘《あえ》ぎ声を洩らした。

「あぁっ……ジェラルド……っ」

「君の胸にキスさせてくれないか？」

「えっ……どうやって？」

もちろんこの体勢では無理だ。彼の上から降りればいいのだろうか。

「君が自分で私の口元に胸を持ってくればいいんだ」

アリシアはそうしている自分を想像して、ぱっと頬を赤らめた。

「でも……」

「頼むよ」

彼は命令しているわけではない。だが、頼まれたら、たとえ従順な性格でなくても断れない。

だって、彼のことを愛しているから。

できるだけ彼の希望どおりにしてあげたいというのが本音だった。

アリシアは身体をゆっくりとずらして、彼の口元に乳首が当たるようにした。彼は口を開けると、乳首を口に含み、舌を絡めてくる。

「あ……んっ……んっ」

身体中がじんと痺れてくる。体内には彼の指が挿入されていて、中を刺激している。同時に、彼は他の指で敏感な部分を刺激していた。

「やぁ……あん……ぁぁん……」

自分が彼の上にいて、こんなふうに乱れるのは初めてだった。まして、自《みず》ら彼の口元に自分の胸を持っていくなんてしたことがない。

今までも彼の言うとおりにしていたけれど、今日はなんだかそれとは違うような気がしていた。

わたしの心の中が違うから？

もう罪悪感を持たなくてもいいと判ったから？

それもあるが、何より彼が自分を愛してくれていると知ったからだ。何をしても、彼の愛情が揺らぐことはない。今のアリシアにはそう思えた。

そうよ。わたしが彼のことを愛している限り……。

彼の愛はなくならない。

身体中が燃えるように熱くてたまらない。甘い痺れが全身に回っていき、アリシアはとうとう絶頂を迎えた。

「あぁあっ……」

強烈な快感から甘い余韻に切り替わると、彼は挿入していた指を外した。アリシアは息を整えながら、身体を起こす。

彼はアリシアの腰に両手を添えた。

「さあ……。君が自分から私を迎えてくれないか？」

アリシアはドキッとする。

つまり、自分で挿入するということだ。一度、彼に言われてしたことがあったが、あのときはこんな言い方はされなかったように思う。確か『自分で入れてみるように』と言われたのだ。

今度は、わたしから彼を迎え入れるのね……。

まるで、こちらに主導権があるみたいだ。実際は彼が指示しているから違うのだが、今までとは違う気にさせてくれたのが嬉しかった。

アリシアは身体をずらして、自分の秘部に彼の硬くなったものをあてがった。彼にじっと見つめられていて恥ずかしいけれど……。

でも、やってみるわ。

彼のものが秘部の中に呑《の》み込《こ》まれていく。そして、とうとう奥のほうまできっちり収めた。

上気した顔で彼を見つめる。彼は嬉しそうに微笑んでいた。

「動けるかい？」

「……ええ。もちろん……」

アリシアは彼の顔を見ながら腰を上下させた。以前したときは、自分のしていることが恥ずかしくて、彼の顔など見られなかった。

でも、これは決して恥ずかしいことではないんだわ……。

彼が陶酔するような表情を顔に浮かべている。それが何より嬉しい。

二人はもう対等な関係なのだ。買われたとか、嫌われたくないとか、そういったことを考えなくてもいい。

これが本当の愛し合っている夫婦というものかもしれない。

やがて、彼は身体を起こすと、アリシアをギュッと抱き締めてきた。

二人はまだ繋《つな》がったままだ。身体は興奮しているが、心の中ではそれ以上の喜びを感じている。

彼は一旦《いったん》、アリシアを下ろすと、今度は上から覆いかぶさり、再び奥まで貫いた。

「あ……あぁん……っ」

「君が……愛おしくてならないよ」

「わ、わたしも……あなたが……ぁぁ……」

彼が動くと、言葉にならないほどの快感が押し寄せてくる。

アリシアは彼の腰に脚を絡めた。脚だけでなく、腕も彼の肩にしがみつくように絡めていく。

幸せでたまらない。

彼と夫婦でいられること。彼と生涯を共にできること。

そして、彼と愛し合っていることが幸せに繋がっている。

何度も彼が奥まで入ってくる。まるで波打ち際にいるみたいだ。寄せては返す。そんな表現がぴったりで、波に弄《もてあそ》ばれるようにアリシアは彼に翻弄《ほんろう》されていた。

「あっ……もう……もうダメ……っ」

再びアリシアは絶頂の波に押し上げられていた。

「あぁぁっ……ぁぁっ……！」

彼をぐっと抱き締めると、彼のほうも強い力で抱き返してきた。彼もまたアリシアと同じ瞬間に昇りつめたのだ。

強くて速い鼓動が伝わってくる。

アリシアは彼に抱き締められながら、二人の強い絆を感じた。


二人は一旦、身体を離したものの、結局また抱き合った。今は身体を離したくない。相手に触れていたいのだ。

アリシアは幸せだった。ジェラルドが自分に対して、これほど深い愛情を感じてくれているなんて思わなかったからだ。

彼はアリシアの髪を弄《いじ》りながら、優しい声で話しかけてきた。

「今度また別荘に行こう。『彼女』の墓に、私も花を手向けたいんだ」

「そうね……。わたし、時々、本物のアリシアにすまなく思うの。彼女が『リーサ』として葬られ、わたしが『アリシア』の人生を生きていることに。彼女とは一度も話したことはないのよ。扉の隙間《すきま》から少し覗《のぞ》いてみたけど」

「君がすまなく思う理由はないさ。それが運命だった。それだけだ」

彼の言うとおりかもしれない。それがアリシアとリーサの運命だったのだ。

「あなたも彼女と会ったことがあるんでしょう？」

「彼女がほんの子供のときにね。正直、よく覚えていない。七歳の女の子を、この娘が自分の未来の花嫁だと紹介されてもね。そのとき、私は二十歳だったから」

二十歳と七歳では、確かに二人が結婚する姿を思い浮かべるのは難しいだろう。

「あなたのお父さんと侯爵の間で、そのとき約束が交わされたのね。でも、お父さんが亡くなった後は、あなたが侯爵の援助をしてきたんでしょう？　やっぱり、あなたも……侯爵令嬢と結婚したかったのよね？」

「いや。特には」

「だって、あなたは……」

「君にはいろいろ馬鹿なことも言ったが、私は正直ではなかった。父が亡くなった後も侯爵に援助を続け、その令嬢と結婚することにしたのは、単に父が望んだことだったからだ。私自身はそれほど上流階級に憧《あこが》れはなかったが、父には夢があったんだ」

それはアリシアにとって、意外なことだった。彼自身がそんなことを望んでいなかったのだと知るのは初めてだ。

「君は私が生まれたときから裕福な生活をしてきたと思っているかもしれないが、そうじゃない。子供の頃は本当に貧しかったよ」

「どんな夢……？」

「まあ……全然知らなかった！」

彼が貧しかったと聞いて、新たに親近感が湧《わ》いてきた。

「父は一度、事業に失敗したことがあるんだ。私が物心ついたときには治安の悪い土地で貧しい暮らしを強《し》いられていた。だが、父は商売の才能があったから、なんとか復活できたんだ。父は貧しい惨めな生活をしていたときに、自分に誓ったらしい。必ず成功して、息子を貴族の娘と結婚させて、上流階級の一員になるんだ、と」

「そういうことなのね……」

「そこで、裕福になったときに、金に困っている侯爵と接触した。私は……というと、貧しい暮らしをしていたからこそ、貴族というか上流階級の人間に偏見があった。碌に働かずに特権を享受している甘やかされた人間だとね」

「それは……まあ、確かにそういう人もいることは否定できないわ。そんな人ばかりじゃないけど」

「そうだね……」

ジェラルドはアリシアを引き寄せて、頬にキスをしてきた。

「君は明らかに違っていた。最初に……あのガーデンパーティーで君を見たときは、つんと澄ました女だと思ったんだ」

「まさに予想どおり？」

彼はクスッと笑った。

「そうだ。だが、話してみたら違っていた。綺麗なだけで頭が空っぽかと思ったが、きちんとものを考えていたし、からかってみると楽しくて、怒ったところは可愛《かわい》かった。君に興味を惹かれたんだ。もっとも、甘やかされた貴族の娘だという偏見はまだ残っていたが」

「そうだったわね」

アリシアは初夜のことを思い出していた。結局は上手《うま》くいったからよかったものの、危うく結婚生活を台無しにするところだったのだ。

「君が私の考えていたような女性ではないと知って、君にますます興味を持った。たぶん、その頃にはもう君を愛していたんだろうが、私は認めたくなかった。都合がいいから結婚しただけだと思いたかった」

「どうして？」

彼があの頃にもう愛を感じていたとは気づかなかった。

確かに初夜の後、とても優しくしてくれるようになったのだ。あれが愛情だとは、男女のことに疎いアリシアは気づかなかったが、もし判っていたら、もっと早く幸せになれたかもしれない。

「誰かを愛すると心が弱くなるような気がしていた。そろそろ結婚して子供を持つべきだと思っていても、本心ではまだ結婚したくなかったからだろう。まして、妻を愛するなんて、私の予定にはなかったんだ」

そう言いつつ、アリシアの唇に二度、軽いキスをしてきた。今はもうそんなことを思っていないというふうに。

「君はどうなんだ？　無理強いされた結婚だったわけだし……」

「あなたが相手だとは知らずに悩みを打ち明けていたわね」

アリシアは出会ったときのことを思い出して微笑んだ。

「わたしも初夜のベッドで……あなたに惹かれたわ。すごく二人の絆を感じたの。これが愛なのかしらと思ったけど、あなたは同じようには感じてくれているはずがないと思ったから、悲しかったの」

「あのとき……正直になればよかったかな」

「そうね……。でも、あれもそうなる運命だったのかもしれない……。あのとき、愛していると言われていたら、もっと罪悪感を持っていたと思うわ」

　彼はアリシアをギュッと抱き締めてきた。アリシアも彼に身を寄せて、その温《ぬく》もりに安らぎを感じる。

「可哀想《かわいそう》に。君はつらかったんだろうな」

「でも……今は幸せよ」

　彼が身体を離して、じっと見つめてくる。

「私は侯爵令嬢なんかじゃなくて、君と結婚できたことに感謝しているよ」

　アリシアの中にひとつだけ残っていた薄い壁が、その一言でついに破れてしまった。自分の胸の内にある温かいものが溢《あふ》れ出《で》てくるような不思議な感覚を味わった。

　不意に涙が出てきそうになって、アリシアは慌ててまばたきをする。彼はそれを見て、顔を曇らせた。

「君を泣かせるつもりはなかったんだが」

「まだ泣いてないわよ」

「でも泣きそうなんだろう？　泣きそうなら泣いてもいいんだ」

　そう言われて、アリシアは驚いて目をしばたたかせた。

「でも……」

「ただし、私の胸の中だけでだ」

アリシアは微笑み、彼の胸に顔を埋めた。

「これでいいの？」

「ああ。愛しているよ……リーサ」

その言葉を聞いた途端、涙が流れ出してきた。

「ジェラルド……」

「これから君をリーサと呼ぼう。といっても、侯爵家であったことを公《おおやけ》に話す必要はない。ただ、呼び名をリーサにするだけだ。そして、二人でたくさんの孤児達にできるだけのことをしてあげよう」

リーサと呼ばれて、アリシアの中に、名前と共に失ったものが甦《よみがえ》ってきたような気がした。昔の、貧しい孤児の少女だったリーサが自分の中に戻ってきた。

同時に、喜びが込み上げてくる。

アリシアは顔を上げて、ジェラルドと目を合わせた。

「不思議……。今、アリシアとリーサが一人になったみたいな感じがしたわ」

彼は深く頷いた。

「君はこれから二人分、生きるんだ。本物のアリシアができなかったこと……結婚して夫を愛し、たくさんの子供を産んで育てるんだ」

それがわたしの運命だったんだわ……。

「愛してる……。ジェラルド！」

そう言わずにはいられなかった。心から溢れてくるものだからだ。

彼の瞳が嬉しそうに煌《きら》めいた。

「私も愛しているよ……」

そして、優しくキスする前に、そっと囁いた。

「リーサ」

あとがき

こんにちは。水島忍《みずしましのぶ》です。『偽りの花嫁 ～大富豪の蜜愛～』、いかがでしたでしょうか。

今回のヒロイン侯爵令嬢アリシアは、大きな秘密を抱いたまま大富豪ジェラルドに嫁《とつ》いだことで、愛と苦しみを味わうことになります。

十一年前、アリシアの父である侯爵は、金欲しさに大富豪の息子ジェラルドと娘を結婚させるという約束をします。ジェラルドの父は上流階級への切符として、息子と侯爵令嬢の結婚を画策しました。

ところが、幼いアリシアは重病にかかり、命が危ぶまれることに。欲に塗《まみ》れた侯爵は身代わりを用意します。それが、孤児だったリーサ――今の『アリシア』でした。

アリシアは本物のアリシアの代わりに侯爵令嬢として教育を受け、ジェラルドと結婚します。真実が暴かれることを恐れながら。

結婚してみると、最初は冷たかった彼に優しくされ……。やがて彼を愛するようになりますが、愛すれば愛するほど、彼を騙《だま》している罪悪感が頭をもたげてきます。

一方、ジェラルドはなかなか心を開いてくれないアリシアに苛立《いらだ》ちます。愛すればこそ、彼女のすべてを知りたいと思うようになります。二人の愛はすれ違いますが、いつもの私の作品のように誤解し合っているわけではなく、ただ互いに相手の気持ちが読めないためのすれ違いです。

とはいえ、著者校正していて、ラスト近くで何度も泣いてしまいました。自分の作品で泣くのはかなり恥ずかしいのですが……。アリシアの『嫌われたくない』という気持ちがあまりにも純粋すぎて、泣けてしまうのです。そんなに好きなのか～という感じで。

まあ、二人が幸せになれてよかったですけどね。

さて、今回のイラストはウエハラ蜂《はち》先生です。とてもとても素敵なイラストをありがとうございます！　ジェラルドは貴族ではない分、少し野性的な感じの大富豪ですよね。アリシアは可愛らしくも綺麗《きれい》系で、悲しみを胸に秘めている感じがします。イメージどおりで、私は大満足です！

この話、書いている途中や書き上げたときよりも、著者校正で改めて読んだときのほうが好きになりました。読者の皆様にも好きになってもらえたら嬉《うれ》しいです。

それでは、また。

水島　忍

『偽りの花嫁　～大富豪の蜜愛～』、いかがでしたか？
水島《みずしま》　忍《しのぶ》先生、イラストのウエハラ蜂《はち》先生への、みなさまのお便りをお待ちしております。

水島　忍先生のファンレターのあて先
〒112－8001　東京都文京区音羽2－12－21　講談社　文芸第三出版部「水島　忍先生」係
ウエハラ蜂先生のファンレターのあて先
〒112－8001　東京都文京区音羽2－12－21　講談社　文芸第三出版部「ウエハラ蜂先生」係

N.D.C.913　252p　15cm

水島 忍（みずしま・しのぶ）
２月３日生まれのＯ型。福岡県在住。
著書はＢＬ、ＴＬ、その他で２１０冊以上。
最近のブームは旅行と神社巡り。
http://www2u.biglobe.ne.jp/~MIZU/

講談社Ｘ文庫

white heart

偽《いつわ》りの花嫁《はなよめ》 ～大富豪《だいふごう》の蜜愛《みつあい》～

水島《みずしま》 忍《しのぶ》

●

2018年４月３日　第１刷発行

定価はカバーに表示してあります。

発行者――渡瀬昌彦
発行所――株式会社 講談社
東京都文京区音羽2-12-21 〒112-8001
電話 編集 03-5395-3507
販売 03-5395-5817
業務 03-5395-3615
本文印刷―豊国印刷株式会社
製本―――株式会社国宝社
カバー印刷―豊国印刷株式会社
本文データ制作―講談社デジタル製作
デザイン―山口　馨

ISBN978-4-06-286983-6